김선미 장편소설

차례

프롤로그 · 5

저주를 하고 싶으십니까? · 15

마켓 스티커 · 41

저주의 부메랑 · 61

저주와 가업 · 85

내 저주로 벌어진 일이 아니라고! · 111

경고 신호 · 133

누명도 당당히! · 163

죽기를 바라는 마음 · 185

가면 속 얼굴 · 207

멸망으로 가기 전 · 227

봉인을 위해 · 249

작가의 말 · 264

프롤로그

2월 25일

닉네임: 심플직딩

접착력: 중

가격: 300,000원

저주 내용 : 저주를 걸고 싶은 놈이 있습니다. 제 상사입니다. 다른 팀원이 실수하면 그냥 넘어가면서 제게는 별거 아닌 일로도 사사건건 시비를 겁니다. 괴롭힘 때문에 너무 힘듭니다. 그놈이 회사에서 큰 실수를 저질러 잘리게 해 주세요.

메모: 큰 실수와 해고는 다른 건이라 어떤 저주로 할지 결정 요청. 큰 실수 효과 확인 후 해고 저주를 구매하겠다고 함.

3월 7일

닉네임: 사랑이

접착력: 중하

가격: 200,000원

저주 내용: 짝사랑하는 사람이 있어요. 그 사람한테 집적거리는 여자가 있고요. 원래 그 사람이 인기 있는 편이라 주변에 사람이 많은데 그 여자는 다른 케이스와 달라요. 자기가 찍어서 안 넘어온 적이 없다면서 대놓고 꼬시는 거예요. 화이트 데이에 작업 걸 거예요. 그 전에 다시는 그 사람한테 다가갈 수 없도록 저주를 걸어 주세요. 아니면 그 사람이 저만 바라보게 하는 방법이 있을까요? 제발 방법을 알려 주세요.

메모: 저주 방법 세 가지를 제시함. 저주 강도 협의 후 짝남 앞에서 상대 여성이 정떨어질 만한 행동을 하는 스티커 제작 결정. 짝남의 마음을 얻는 저주는 없다고 했더니 만들어 달라고 계속 질척거려 스티커 발송 후 차단함.

3월 28일

닉네임: 이름왜씀

접착력: 상

가격: 500,000원

저주 내용: 진짜 싫은 애가 있음. 내 욕을 하고 다니는 걸 알게 됨. 개

때문에 과에서 왕따 됐음. 동기라 얼굴을 안 볼 수도 없고 보면 토 나옴. 하루하루가 스트레스임. 걔를 눈앞에서 치워 버리는 저주를 하고 싶음.

메모: 처음에는 죽일 수 없냐고 해서 그런 저주는 판매하지 않는다고 안내함.

3월 29일

닉네임: 꼭 이루어지길
접착력: 중하
가격: 800,000원
저주 내용: 여러 명에게 저주를 걸고 싶습니다. 같은 병원 동료들인데 저만 계속 무시하는 게 느껴집니다. 그 사람들이 남들한테는 말 못 할 창피한 일을 당했으면 좋겠습니다. 그리고 저한테는 저주 여파가 가능한 한 안 돌아왔으면 합니다. 저주의 부작용을 피할 수 없다면 최소한으로 받고 싶습니다. 가능할까요?
메모: 상담 결과 저주를 걸고 싶은 인원이 다섯 명이라고 해서 강도를 낮춰서 진행하고 할인해 줌.

4월 10일

닉네임: 오늘도 해피

접착력: 하

가격: 100,000원

저주 내용: 친구가 있는데요. 싸우고 나서 사과했는데도 계속 화를 내네요. 나보고 어쩌라는 건지. 솔직히 자기가 잘못했거든요. 아무튼 가만히 있자니 짜증 나서 그러는데, 너무 위험하거나 크게 다치는 거 말고, 자전거 타다가 넘어지는 정도로 가볍게 저주하고 싶어요. 제가 저주한 거는 절대 모르게 해 주시고요.

메모: 스티커를 붙인 뒤 친구가 자전거를 타다가 넘어지기는 했는데 별로 다치지 않았다고 다시 문의함. 진짜 저주한 거 맞냐고, 친구가 실수한 거 아니냐고 환불해 달라고 난리 쳐서 차단함.

4월 23일

닉네임: 마법사

접착력: 하

가격: 100,000원

저주 내용: 전교 1등인 그 아이가 시험 답안을 밀려 쓰게 해 주세요.

메모: 알고 보니 우리 학교였음. 이 주문을 계기로 학교에 소문이 퍼짐.

.
.
.

6월 6일

닉네임: 아브라카다브라

접착력: 최상

가격: 3,000,000원

저주 내용: 학교 체육 쌤 때문에 친구가 의식 불명이 됐어요. 그런데 그 쌤은 오히려 뻔뻔하게 자기는 잘못 없다고, 내 친구는 그럴 만했다고 욕하고 다녀요. 염치도 없이 어떻게 그럴 수 있죠? 자기 때문에 내 친구는 학교 옥상에서 뛰어내려 그 지경이 됐는데. 체육 쌤이 저지른 일의 대가를 치르게 하고 싶어요. 사고가 크게 나서 다시는 학교에 나오지 못하게 해 주세요.

메모:

온라인 장부를 작성하던 장시루는 눈살을 찌푸렸다. 저주 내용이 어쩐지 낯익었다. 시루가 다니는 학교의 2학년 학생이 옥상에서 뛰어내리는 사건이 발생했고 얼마 뒤 체육 선생이 그 사건에 얽혀 있다는 소문이 돌았다. 심각한 고민을 상담했는데 오히려 그 애 잘못으로 몰아갔다더라, 체육 선생의 비리를 알고 있어 협박당했다더라, 실은 체육 선생이 옥상에서 떠민 거라더라……. 출처 없는 다양한 버전의 소문이 점점 살이 붙으며 교내에 퍼져 나갔다.

교원징계위원회 전에 경찰 조사에서 나온 말이 학생들의 공분을 사며 소문을 거듭기도 했다. 자기는 사건과 무관하고 그 아이는 투신할 이유가 있었다는 체육 선생의 변명이 부풀려져 한동안 학교가 시끌시끌했다. 의문의 사건, 어떤 식으로든 연루된 교사. 옥상에서 뛰어내렸다던 2학년 학생의 친구라면 체육 선생에게 반감이 많을 만했다.

그런데 그게 자신이랑 무슨 상관이랴.

시루는 무표정한 얼굴로 장부를 사이트에 저장했다. 손님이 저주를 원하면 자신은 만들어 주면 그만이다. 선생님과 지켜야 할 의리도 없고, 저주의 책임 운운하며 손님을 굳이 말릴 필요도 없다.

시루는 침대 밑에서 철제 금고를 끌어내 비밀번호를 맞춘 뒤 낡고 묵직한 책을 꺼냈다. 책장을 한 장씩 넘겨 보며 큰 사고를 일으키는 저주 페이지를 찾아냈다. 저주를 만드는 일은 간단했다. 원하는 저주가 있는 책 페이지의 그림을 따라 그린 뒤에 저주 내용을 귀퉁이에 적고 주문을 외우면 종이 뒷면에 접착력이 생기게 된다. 끈적거리는 면을 상대의 몸에 직접 붙이기만 하면 끝. 스티커 형태의 저주가 손쉽게 완성되는 것이다.

저주 스티커를 제작하는 동안 집 안은 고요했다. 밖은 비바람이 요란하게 불고 있다. 이 저주 스티커가 어떤 재앙을 불러올지 알지 못한 채 시루는 평소처럼 주문을 외웠다. 저주의 빛이 완성된 그림을 따라 흘러가며 스티커 뒷면이 끈적거렸다.

시루는 완성된 저주 스티커를 책상에 내려놓고 책을 덮었다. 창문이 덜컹거리고 있었다.

저주를 하고
싶으십니까?

저주로 공부를 잘할 수는 없겠지.

시험지를 받는 순간 한숨이 폭 새어 나왔다. 저주 그림을 그릴 때는 집중이 잘 되는데 시험 문제를 보면 눈앞이 흐려지는 건 왜일까. 저주 책은 잘만 이해되는데 시험 문제는 의도를 파악하는 것부터 어려웠다.

미술 쪽으로 진로를 틀어야 하나? 하긴 애초에 진로를 결정해 두지 않았으니 틀고 말고 할 것도 없다. 당최 내게는 꿈이라는 게 생기지 않으니까. 대강 성적에 맞는 대학에 입학한 뒤에는 취준생이 되어 이력서를 뿌리다가 받아 주는 회사에 감사합니다, 하고 넙죽 들어갈 테지. 회사의 노예가 되어 월급날이 올 때까지 가슴속에 넣어 둔 사표를 만지작거리며 사는 삶이 대략 나의 인생이 되지 않을까 싶다. 어른들도 다 그렇게 살잖아. 그러니 특별하지 않은 인생을 앞두고 있다고 해도 아쉽지는 않다.

가만, 자아실현을 할 게 아니라면 어차피 돈 벌려고 회사에 들어가는 거잖아? 돈을 손쉽게 벌 치트키가 있는데 굳이 학교 시험을 봐야 할까? 저주 스티커 판매 사업을 잘 포장해서 수익금을 엄마 연구소에 투자하겠다, 아빠를 위해 환경 보호 기금을 마련하겠다고 설득하면 이딴 재미없는 학교도 그만둘 수 있을 것 같은데. 시험이라는 제도를 만든 장본인을 찾아내 저주하는 것보다 그게 더 이득일 것 같다. 아! 흐뭇한 상상을 하는 동안에도 시간은 흘러간다. 일단 어떻게든 시험을 치러 내야 한다.

육각 면에 정교하게 숫자를 적어 넣은 샤프펜슬을 굴리며 답을 유추했다. 교실에는 OMR 카드에 마킹하는 사인펜 소리와 시험지를 넘기는 소리만이 가득하다. 그 정적을 뚫고 '히히히히' 하고 웃는 소리가 들려온 건 시험 종료 10분 전이었다. 아이들이 고개를 들고 소리가 들리는 곳으로 눈을 모았다. 전교 1등을 도맡아 해서 '공부 천재'로 불리는 한도윤이 OMR 카드에 마킹하며 웃고 있었다. 뭐야, 시험이 쉬워서 절로 웃음이 나오나? 아주 속을 긁는구나.

시험 감독 선생님이 주의를 줬는데도 한도윤은 웃음을 그치질 못했다. 아이들이 조용히 좀 하라며 짜증을 냈다. 감독 선생님이 분위기를 수습하며 그 애의 자리로 가서 책상을 두드렸다.

한도윤이 고개를 든 순간, 웅성거리던 아이들이 일제히 입을 다물었다. 한도윤의 양쪽 동공이 다른 모양으로 풀려 있는 것을 보았으니까. 선생님마저 흠칫했다. 웬만한 '똘끼'에도 침착하게 대처하는 선생님이 저 정도 반응이니 한도윤이 어떤 상태로 보이는지 상상이 될 것이다. 선생님이 아무 말도 못 하고 서 있자 그 애는 다시 시험지로 시선을 떨어뜨렸다. 그러곤 눈이 풀린 채로 기괴한 웃음을 흘리며 OMR 카드 마킹을 마쳤다. 아이들이 한도윤을 힐끔거리는 동안 어수선한 분위기 속에서 시험 종료 종이 울렸다.

OMR 카드를 걷고 나자 한도윤은 언제 웃었냐는 듯 울기 시작했다. 답을 밀려 썼단다. 그러면 왜 웃은 거냐는 친구들의 질문에, 손이 마음대로 움직여서 사실은 울고 싶었는데 저절로 웃음이 나왔다고 대답했다. 에이, 그게 뭐야. 웃은 게 민망하고 답을 밀려 쓴 게 억울해서 핑계를 대나 보다고 다들 가볍게 넘기는 분위기였다.

그러나 한도윤의 이해 못 할 행동은 시험 내내 이어졌다. OMR 카드에 마킹하면서 계속 웃고 쉬는 시간에는 답을 밀려 썼다고 울고불고 난리를 쳤다. 처음에는 달래 주던 친구들도 마지막 시험이 끝난 뒤에는 그 애 옆으로 가지 않으려고 했다. 마치 무언가 이상한 게 옮기라도 할 것처럼. 이미 반 아이들 사이에서는 전교 1등이 공부만 하다가 미쳤다는 말이 돌고 있었다.

미친 게 아니다. 저주다. 한도윤이 저주에 걸렸다는 사실은 첫 시험 때 이미 예감했고 2교시 시험이 끝난 뒤에 증거를 찾아냈다. 혹시나 싶어 달래 주는 친구들 틈에 슬그머니 섞여 그 애를 살펴봤다. 왼쪽 어깨에 내가 그린 저주 스티커가 보란 듯이 붙어 있었다.

불현듯 머릿속을 스친 닉네임은 '마법사'였다. 마법사가 원한 저주는 전교 1등이 시험 답안을 밀려 쓰는 거였다. 그 전교 1등이 하필이면 우리 학교였다니. 차라리 반이라도 달랐으면 좋았을걸. 저주가 발현되는 모습을 학교에서 목격한 건 처음이라 어쩐지 심란해졌다.

당연히 시험을 망쳤다. 샤프펜슬을 굴리며 답을 점치는 노력도 하지 않고 3번으로 죄다 마킹한 뒤 시험 내내 저주의 발동 원리만을 추리했다. 그동안 어떤 식으로 저주가 발동하는지 추측해 본 적이 없어 고민할 문제가 많았다.

이번처럼 답안을 밀려 쓰는 저주를 걸려면 의지를 꺾어

놓는 동시에 정신을 빼앗아야 한다. 동공이 기괴한 모양으로 풀리면서 웃어 댄 까닭이 그 때문이다. 한도윤이 말한 대로라면 자기가 잘못하고 있는 걸 알면서 반항도 못 하고 조종당했을 것이다. 강제로 정신을 빼앗는 것. 그게 이 저주의 핵심이다.

  시험이 모두 끝난 뒤 그 애 근처로 가서 슬쩍 왼쪽 어깨를 봤다. 저주 스티커는 사라졌다. 접착력이 약해서 그나마 하루로 끝난 모양이었다. 물론 시험을 하루만 망쳤어도 전교 1등 자리는 이미 물 건너갔을 터다. 한도윤은 풀이 죽은 채 가방을 주섬주섬 쌌다. 한도윤이 저주받은 이유는 단지 전교에서 공부를 제일 잘하기 때문이다. 성격에 문제가 없다는 건 우리 반이라 내가 잘 알고 있다. 오히려 한도윤은 친절한 편이다. 시기했든, 질투했든, 스티커를 주문한 아이는 단돈 10만 원으로 원하는 바를 가졌다. 전교 1등 공부 천재의 몰락. 나와는 상관없는 일이라고 애써 마음을 가라앉혀 보았으나 마음 한구석이 찜찜했다.

  저주는 궤짝에 숨겨져 있던 책으로부터 시작되었다.
  민속학자인 엄마가 출장지에서 가져오는 다양한 궤짝에는 각종 민속품이 담겨 있다. 녹슨 가위부터 낡은 짚신, 부서진 청동 조각상까지. 엄마가 궤짝에 담긴 민속품에 대해 설명하려고 할 때마다 그래 봤자 쓰레기라며 전혀 관심 없는 듯 굴었지만, 실은 호기심에 이끌려 엄마 몰래 궤짝을 뒤지곤 했다.

내가 궤짝에서 물건을 슬쩍한 건 그 오래된 책이 세 번째이다. 처음에는 매끌매끌한 검은 돌멩이를, 그다음에는 칠보 볼펜을 훔쳤다.

검은 돌멩이는 한 손에 쏙 들어오는 크기였는데 촉감이 좋았다. 둥근 면에 장난으로 눈알을 붙였더니 제법 귀여워져 그대로 방에 놓아두었다. 엄마가 훔친 돌멩이를 알아볼지 궁금해서 눈에 잘 띄는 곳에 두었는데도 모르는 눈치였다. 엄마가 그렇지 뭐. 엄마는 늘 내게 관심이 없었다. 검은 돌멩이를 본대도 땅바닥에 굴러다니는 흔한 돌을 주워 온 줄 알 거다.

사람 친구라면 사절이지만 검은 돌멩이를 친구로 삼는 건 그럴듯했기에 이름도 지어 줬다. 이름은 '마요'. 하지 마요, 말 걸지 마요, 가까이 오지 마요. 그런 의미의 '마요'이다. 표현하기 힘든 내 마음을 대신 말해 준달까. 기특한 나의 친구에게 직접 짠 털모자도 씌워 주며 나름대로 정성을 다해 지금까지 돌보고 있다.

칠보 볼펜은 딱 봐도 수상한 필기구였다. 보는 순간 묘한 감각이 전신을 훑어서 나도 모르게 가져왔다. 겉면에는 정체를 알 수 없는 보석을 잘게 잘라 세공해서 세로로 길쭉한 가면을 새겨 놓았다. 가면에 그려진 눈은 검었고 입은 시옷 자로 처졌다. 글씨를 쓰면 가면이 웃을까 싶어서 큰맘 먹고 써 보았는데 그런 일은 생기지 않았다. 대신 연하고 붉은 액이 종이에 천천히 스며들었다. 꼭 피처럼 보였다. 흐릿한 글씨를 보고 있자니 으스스한 기분이 들어 더 사용하지 않고 서랍에 고이 모셔 뒀다. 궤짝에 도로 처박아 두면 왠지 벌을 받을 것 같았기 때문이다.

한동안 흡혈귀가 잃어버린 볼펜을 찾으러 오는 건 아닌지 걱정하며 창문을 꽁꽁 잠그고 잠자리에 들기도 했다. 도대체 어떤 재료로 만든 건지 궁금해서 분해하려 시도해 봤으나 매번 실패하고 있다. 언젠가는 칠보 볼펜의 미스터리한 짜임새를 뜯어볼 날이 오면 좋겠다. 내가 흡혈귀에게 당하기 전에.

궤짝 가장 밑에 숨은 듯 깔려 있던 그 책은 두께가 한 뼘은 넘을 정도로 두꺼웠다. 자주 펼쳐 보았는지 종이 끝부분이 너덜거렸다. 게다가 엄청나게 무거웠다.

먼지를 떨어내자 기이한 문양이 가득한 표지가 보였다. 제목은 없었다. 종이가 양피지처럼 보여서 중세 유럽에서 만들어진 책이 국내로 흘러들어 온 건가 싶었는데 의외로 글자는 한글이라 맥이 빠졌다. 일부러 불길하게 보이려고 연출한 건지, 아니면 양을 잡는 김에 아까우니 피도 써 버리자는 구두쇠 정신인 건지 모르겠지만, 피로 쓴 듯한 붉은 글과 그림이 가득했다. 다만 칠보 볼펜으로 쓴 것과는 달리 글자나 그림이 쨍하고 선명했다.

첫 장에는 눈을 비비고 다시 볼 법한 문구가 쓰여 있었다.

스티커로 저주를 거는 방법

저주라고?

얼마나 사람이 싫으면 이렇게 두꺼운 책을 쓸 만큼 저주를 연구했나 싶어 동질감이 일었다. 내 경우에는 언젠가 인류가 멸망해 버리고 동물과 식물만 살아남으면 좋겠다는 소망이 더 크지만.

여하튼 스티커로 저주를 건다는 게 무슨 뜻인지 궁금해서 대강 훑어봤다. 저주를 거는 다양한 방법들이 수백 페이지에 걸쳐 적혀 있었다. 이걸로 정말 저주를 걸 수 있다고? 의문이 들어 두 번째는 시간을 들여 꼼꼼히 읽었다.

이 사이비 같은 책이 마음에 들었던 이유는 딱 하나이다. 단순하다는 것. 보통 우리가 생각하는 저주는 짚이나 검은 형

겊으로 만든 저주 인형 안에 상대의 머리카락이나 손톱, 발톱을 넣고 무덤에서 퍼 온 흙을 안에 채워 넣은 뒤 불길한 부적을 붙이고, 녹슨 못으로 저주가 걸릴 때까지 찌르는 거다. 참으로 어이없는 절차다.

일단 준비물을 대체 어떻게 마련할지부터 난감하다. 인형을 만드는 건 그렇다 쳐도 머리카락을 얻기 위해 머리라도 잡아챌 건가? 무덤에서 흙은 또 어떻게 퍼내고. 저주에 걸릴 때까지 인형 심장을 찌르라는 대목에서는 실소가 터지고 만다. 상대가 저주에 당하기 전에 저주를 거는 사람이 먼저 근육통이 오고 말 방식이다.

저주하는 방법이 이렇게 복잡한 이유는 아무나, 아무 때나 남의 불행을 빌 수 없게 만들려는 의도일 터다. 고단한 절차를 감수할 만큼 원한이 깊은 사람에게만 너의 눈물 나는 노력을 바치라는 뜻이겠지. 저주 용품을 만들다가 중간에 힘들어 그만둔다는 건 그만큼 원한이 깊지 않다는 의미일 테고.

저주 인형이 싫은 이유가 또 있다. 왜 저주는 늘 몸에 고통을 줄까? 상대의 고통이 결국 죽음으로 이어질 거라서? 저주가 곧장 상대의 죽음으로 이어지는 건 너무 무겁고 무섭다. 내 눈앞에서 상대가 사라지는 방법이 죽음만 있는 건 아니다. 상대적으로 가벼워서 죄책감 없이 고소한 기분만 남는 그런 저주도 있을 법한데.

불안에 떨며 스스로 파멸하는 저주는 손에 넣기 어려운 귀한 저주 물건으로만 가능하니, 내 손에 들어온다고 해도 아까워서 사용하지 못할 것 같다. 기껏 모은 진귀한 물건을 왜 미운 놈에게 써야 하냐고. 그런 의미에서 이 책에서 제시하는 저주는 방법이나 내용 모두 단순 그 자체였다.

저주 스티커의 기원은 잘 모르겠다. 어쩌면 누군가를 놀리거나 욕하는 문구를 적은 종이를 등에 붙이는 악의적인 장난에서 영감을 받은 걸 수도 있다. '바보', '멍청이' 같은 단어가 등에 붙은 걸 발견한 상대가 폭발하면 '장난이었어. 왜 그렇게 화를 내?' 하며 변명하는 폭력은 오래전부터 있었으니까. 사실 기원이야 어찌 되었든 내 알 바 아니고, 처음 보는 저주 방식이 마음에 들었을 뿐이다.

저주 그림은 강도에 따라 더욱 정교해졌다. 페이지를 넘길 때마다 점점 더 복잡해져서, 마지막 장에서는 돋보기를 대고 보면서 따라 그려야 할 수준이었다. 만약 저주당하는 사람이 볼 수 있다면 홀릴 만큼 예쁘다.

하지만 저주 스티커는 제작자와 저주를 거는 자만이 볼 수 있다고 설명되어 있었다. 저주를 당한 사람 눈에는 스티커가 보이지 않는단다. 당연하긴 하다. 저주 스티커가 붙었는데 눈에 떡하니 보이면 그냥 떼 버리고 말 테니까.

위험한 저주일수록 접착력이 강하다는 점도 꽤 흥미로웠다. 저주가 나타나기 전에 떨어지면 효과가 없어질 테니 힘의 원리도 작용하는 것 같다. 끈적임이 포스트잇 정도로 약한 스티커는 시간이 지나면 저절로 떨어지지만 접착력이 아주 강한 스티커는 그 사람이 죽을 때까지 떨어지지 않을 수도 있다고 했다.

이런 신기한 저주를 만들어 낸 사람의 정체는 아쉽게도 책에 쓰여 있지 않았다. 발행 연도도 없었다. 종이가 너덜거리는 걸 보니 많은 사람의 손을 거쳤거나 한 사람이 수없이 책을 펼쳐 봤을 거라는 추측만 가능했다.

무척 재미있는 책이었지만 처음에는 내 호기심을 더 끌지 못하고 그대로 궤짝에 다시 처박히는 신세가 되고 말았다. 주변에 특별히 저주할 만한 사람이 없었기 때문이다. 인류가 멸망하기를 바란다면서 저주할 사람이 없는 게 말이 되냐고? 사실이다. 내 주변 사람들은 모두 한결같이 다양한 이유로 싫었지만, 그게 꼭 저주하고 싶다는 의미는 아니다. 세상은 어차피 기후 이변 문제 하나만으로도 종말의 길을 착실히 걷고 있다. 전쟁이 일어날 수도 있고, 인공지능 같은 기술 문제도 있으니 그냥 둬도 곧 멸망할 것 같았다.

그런고로 궤짝에 깊숙이 남겨진 책은 내 기억에서 곧장 사라졌다. 내가 다시 그 요망한 책을 떠올린 건 며칠 뒤 전자 기기 수리점에 들렀다가 집으로 돌아가는 버스에서였다. 체육복을 갈아입고선 무심코 주머니에 넣은 핸드폰이 피구 공을 피하다가 떨어졌고, 누군가 밟아 액정이 박살 났다. 체육 선생님은 망가진 핸드폰만으로도 뼈마디가 저린 내게 교칙 위반으로 벌점까지 부여했다. 한마디로 재수가 옴 붙은 날이었다.

수리비는 핸드폰을 새로 사는 것만큼 비쌌다. 엄마에게 말해 봤자 최신형으로 바꾼 지 몇 달 되지 않아서 새로 사 주지 않을 것이 뻔했다. 아빠라고 다르지 않을 것이다. 환경 운동가인 아빠는 늘 모자라는 용돈의 일부를 환경 보호 기부금으로 쓰도록 권할 만큼 자연 보호에 진심이다. '용돈'이라는 말이 나올라치면 밖에 나가서 쓰레기라도 주워야 한다는 전제를 꼭 붙인다. 더욱이 새 물건에 대한 아빠의 유난스러운 혐오를 견뎌 내는 수모까지 더 얹어야 할 판이니 구차하게 새 핸드폰을 구걸하고 싶지도 않았다.

내 힘으로 돈을 구해야 한다. 그것도 아주 많이. 중고로 팔 수 있는 물건을 정리하고 예상 거래 가격을 계산하느라고 머리가 깨질 지경에 이르렀을 때, 한 아주머니의 음성이 귀에

확 꽂혔다.

"아, 글쎄, 그렇다니까. 중고 마켓에 올린 물건을 사겠다고 연락했더니 만나서 주겠다고 하더라고. 약속 시간 직전에 갑자기 다른 사람이 그 물건을 선입금해서 사고 싶어 한다면서, 나보고 선입금 가능하냐는 거야. 사람 마음이 웃긴 게 갑자기 내 물건을 다른 사람한테 뺏길 것 같은 기분이 드니까, 어차피 줄 돈 30분 미리 줘도 되겠지 싶더라고. 그래서 입금했더니만 잠적해 버린 거 있지? 지금 경찰서 다녀오는 길이야. 그 사기꾼 새끼, 그깟 돈 몇 푼이나 된다고……. 내가 벼락 맞아 뒈지라고 저주를 해 버릴 거야."

그 저주, 제가 해 드리겠습니다. 얼마에 사시겠습니까?

머릿속을 댕댕 울리는 영업 멘트를 뛰는 가슴 밑으로 간신히 밀어 넣고 버스에서 내리자마자 집으로 달려갔다. 엄마가 벌써 궤짝을 연구실로 옮기지는 않았겠지? 서재 문을 벌컥 열어젖히자 낡은 궤짝이 보였다. 궤짝을 뒤지면서 가슴이 두근거리긴 처음이었다. 있다! 책은 그 자리에 그대로 있었다. 하마터면 환호성을 지를 뻔했다. 서재에 들어올 사람이 없다는 사실을 알면서도 주위를 둘러보며 잠시 숨을 골랐다. 그러고는 저주 책을 품에 안아 든 채 내 방으로 들어가 방문을 잠갔다.

이제 이 책이 나를 부자로 만들어 주리라! 저주 스티커가 많이 팔려서 지구 멸망이 일찍 온다면 더 좋고.

그래도 세상천지에 사기와 속임수도 존재한다는 상식을 아는 나이인 만큼 저주 책에 쓰인 설명을 곧이곧대로 믿지는 않았다. 나는 신중하게 접근하기로 했다. 저주 스티커를 판매하기 전에 어처구니없는 실수를 저지르지 않으려면 테스트를 해 볼 필요도 있으니까. 스티커가 진짜 제작자와 저주한 사람에게만 보이고 저주를 당한 사람에게는 보이지 않는지, 효과는 확실한지, 제작자에게도 저주의 여파가 되돌아오는 건 아닌지 등 알아내야 할 것이 천지였다.

혹시 저주가 잘못될 때를 대비해 서재 벽에 걸려 있던 십자가를 가져오고 주방에서 소금도 한가득 퍼 왔다. 가까운 꽃집에서 라벤더 화분도 주문했다. 귀신이나 유령 혹은 잘못 소환된 영혼이 이 물건들을 제발 무서워하기를 바라며 가장 간단해 보이는 페이지를 조심스럽게 따라 그려 봤다. 재작년까지 미술학원에 다녔던 실력을 발휘해 금세 똑 닮게 그림을 완성했다. 그림 귀퉁이에 저주 내용을 적고 책에 적힌 대로 주문을 걸었다.

스티커 저주가 만들어지려면 시간이 얼마나 필요할까? 1분? 한 시간? 하루? 한동안 기다려 보았으나 아무 일도 일어나지 않았다. 종이 뒷면은 여전히 매끈했다. 그림을 틀리게 그렸을지도 모른다는 생각이 들었다. 주문을 너무 빨리 외운 걸 수도 있고. 몇 번을 더 시도해 봤지만 결과는 똑같았다. 원본과 내가 그린 그림을 비교하며 빠진 선이 있는지 살펴보고 있을 때 불현듯 서랍에 모서 둔 칠보 볼펜이 떠올랐다.

책에 나온 그림도 피처럼 보였는데, 혹시 특별한 재료가 필요할 수도 있다. 나는 서랍에서 꺼낸 칠보 볼펜으로 다시 저주 그림을 따라 그렸다. 붉고 흐린 선이 불쾌했다. 종이를 구겨 버리고 싶은 충동이 들어 서둘러 주문을 외웠다.

주문을 마친 것과 동시에 레이저 포인터로 쏜 것 같은 검은빛이 갑자기 나타나 그림을 따라 흘러갔다. 검은 저주의 빛이 사라지자 원본처럼 그림이 선명해져 있었다. 종이 크기도 줄어들어 한 손에 들어오는 정도로 바뀌었다. 뒷면은 접착력이 생겨 살짝 끈적거렸다.

너무 놀란 나머지 한동안 스티커만 바라보고 있었다. 비명을 질러야 하나, 환호성을 질러야 하나? 이런 고민을 하며 얼어 있었지만 내 그림이 저주 스티커로 변한 게 맞는 것 같았다. 그렇다면 정말 이걸로 저주를 할 수 있는지 알아봐야 할 차례였다. 나는 가방에 십자가와 소금을 넣고 라벤더를 꺾어 셔츠 앞주머니에 꽂은 뒤 집 밖으로 나왔다.

공원에 도착해 스티커를 누구에게 붙일지 고심하며 주변을 두리번거렸다. 지나가는 길고양이에게 붙여 볼까 잠시 고민했지만 고양이는 죄가 없다. 나쁜 건 사람이다. 하지만 모르는 사람에게 붙이는 건 마땅하지 않다. 아는 사람을 저주하는 건 더 어렵다. 역시 포기해야 하나 생각하던 그때, 그리 반갑지 않은 중학교 동창이 공원을 지나가는 모습이 눈에 들어왔다.

말이 동창이지, 아마 저 애를 아는 애들은 졸업 앨범에서 사진을 찢어 버리고 싶을 거다. 힘 있는 친구 옆에 붙어서 그 힘을 등에 업고 아이들을 괴롭히던 비열한 애였으니까. 나도 저 애의 질 나쁜 장난 때문에 며칠을 억울하게 보낸 적이 있다. 이번 스티커 실험은 그때의 복수로 딱 알맞을 것 같았다.

스티커를 붙이겠다고 다짜고짜 부딪쳤다가 저주가 바로 일어나면 내가 제일 먼저 의심받을 수도 있으니, 수고를 들여 동창을 미행했다. 얼마 지나지 않아 그 아이가 학원이 모여 있는 거리로 들어섰다. 나는 지나가는 아이들 틈에 섞여 스티커를 붙일 기회를 호시탐탐 노렸다. 머릿속은 복잡했다. 어떻게 붙일지, 과연 붙긴 할지, 붙는다면 언제 저주가 시작될지, 저주가 늦게 나타난다면 관찰하기 좋은 상대를 다시 찾아봐야 하는 건 아닌지. 그러다가 막상 스티커를 붙일 기회가 다가오자 내 눈에 띄었다는 이유로 저 애가 저주를 받아도 되는 건가, 하는 생각에까지 이르렀다.

별별 고민을 다 하며 편의점에 들어간 동창을 기다렸다. 콜라를 마시고 있는 동창 뒤편으로 소심하게 슬슬 다가가던 그때, 편의점에서 서두르며 나오던 아저씨가 날 밀치고 가는 바람에 나도 모르게 저주 스티커를 동창 등에 척 붙이고 말았다. 동창이 인상을 쓰며 돌아봤다. 날 알아보고는 짜증이 잔뜩 묻은 목소리로 한마디 했다.

"뭐야, 재수 없게."

졸업식 이후로 몇 달 만에 보는 인사치고는 굉장히 감정적이었다. 그 말을 듣자마자 저주 스티커를 붙인 미안함이 쏙 들어가 버렸다. 동창은 등을 휙 돌리고 제 갈 길을 갔다. 등에는 저주 스티커가 떡하니 붙어 있었다.

살짝 등을 건드린 느낌이었는데 스티커는 떨어지지 않았다. 정말로 동창 눈에는 보이지 않는지 확인해 보고 싶었지만 등에 붙어 있으니 어차피 못 볼 것 같았다. 잘못될 때를 대비해 언제든 악귀 방지 물건을 꺼낼 수 있도록 가방을 연 다음 앞으로 멨다. 아무 일도 일어나지 않고 있었다. 동창은 계속 앞으로 걸어가기만 했다. 이대로 학원에 들어가면 더 이상 관찰할 수 없을 거다. 실패를 예감한 순간, 동창이 갑자기 비틀거리더니 길에 주저앉아 토하기 시작했다.

스티커를 붙이는 순간에도 설마, 하는 의심이 약간 남아 있었다. 검은 저주의 빛을 보긴 했지만 진짜 저주가 통할지는 확인이 안 됐으니까. 내가 건 저주는 1분간 구토를 유발하는 거였다. 동창은 정확히 1분 뒤 속엣것을 게워 내길 멈췄다. 컨디션은 여전히 좋아 보이지 않았으나 평소 성품대로 뒤처리 없이 학원 건물로 재빠르게 들어갔다.

스티커는 동창의 등에서 떨어져 나풀거리며 날더니 바닥에 닿는 동시에 감쪽같이 사라져 버렸다. 아마도 저주가 끝났다는 표시인 것 같았다.

저주는 실제로 있다. 저주 스티커도 진짜 존재한다. 효과도 확실하다. 이 역사적인 발견을 나만 알고 있어야 하다니! 흥분한 상태로 집에 돌아왔더니 책상에 올려 둔 손거울이 깨져 있었다. 떨어뜨린 적도 없는 새 거울이었다. 소름이 목덜미에 돋아났다.

가장 가벼운 저주가 손거울이 깨지는 여파로 되돌아온 거라면 더 강한 접착력을 가진 스티커를 붙였을 때는 무엇이 깨질지 알 수 없었다. 책에도 저주의 강도가 세질수록 저주한 사람에게 되돌아오는 부메랑 역시 강해진다고 적혀 있었다. 그래서 나는 테스트 삼아 몇 번 더 저주 스티커를 붙이려던 마음을 고쳐먹었다. 대신 SNS에 모임장의 승인으로 입장할 수 있는 오픈채팅방을 개설했다.

저주를 하고 싶으십니까?
-저주 물품 무료 나눔 이벤트-

방 이름은 이거면 충분했다. 10분도 지나지 않아 세 사람이 승인 요청을 해 왔다. 방에는 각각 한 명씩 들였다. 피드백을 해 주는 조건으로 무료로 저주 스티커를 보내 주기로 했다. 물론 다들 저주 스티커를 믿는 눈치는 아니었다. '무료로 준다고 하니 한번 받아나 볼까' 하는 마음인 것 같았다.

저주 스티커 강도는 상, 중, 하로 나눴다. 우선 '하' 스티커를 고른 상대부터 발송했다. 거울이 깨진 이유가 저주 스티커를 만들어서인지, 붙여서인지 신중하게 파악하기 위해서였다. 일주일 뒤에 채팅으로 피드백이 돌아왔다.

> 월급이나 올라라: 대박. 진짜 저주가 되더라고요. 그 자식이 광고주 앞에서 프레젠테이션할 때 그런 말실수를 할 놈이 아니거든요. 버벅대면서 땀을 뻘뻘 흘리는데 얼마나 통쾌하던지. 덕분에 광고는 제가 따냈습니다. 감사합니다.

요마: 스티커는 언제 부착하셨나요?

월급이나 올라라: 프레젠테이션 시작 전에 회의실에서 붙였어요.

요마: 부착하고 저주가 나타날 때까지 얼마나 걸린 건가요?

월급이나 올라라: 그 자식이 첫 순서였거든요. 한 10분 뒤에 바로 말을 더듬기 시작했어요.

요마: 상대에게는 스티커가 보이던가요?

월급이나 올라라: 안 보인 것 같아요. 제가 소매에 뭐 묻었다고 넌지시 떠봤는데 어디요? 하고 소매를 보다가 말더라고요. 진짜 신기했어요.

요마: 저주의 부작용은 없었나요?

월급이나 올라라: 글쎄요. 뭐, 딱히? 배탈이 한 번 난 적이 있긴 한데. 그것도 저주의 부작용일까요?

요마: 그럴지도요.

월급이나 올라라: 그 정도 부작용으로 광고 실적을 올릴 수 있으면 백 번도 더 저주하겠네요. ㅋㅋㅋ 저주 스티커 판매하시게 되면 제가 제일 먼저 구매하겠습

니다. 대박 나시길 바랄게요. 다시 한번 감사드립니다.

저주가 일어난 시기를 돌이켜 보면 내게는 특별한 일이 없었다. 제작자에게는 저주의 영향이 없는 모양이라고 잠정적으로 결론을 내렸다. 일단 안심하고 '중' 스티커를 발송했다. 열흘 뒤에 피드백이 왔다.

> 블랙위도우: 와, 이거 정말 제가 직접 해 놓고도 믿기질 않아요. 어떻게 만드시는 거예요?

> 요마: 효과 보셨나요?

> 블랙위도우: 남편이 완전 제대로 미치더라고요. 창문에서 검은 그림자가 보인다나 어쩐다나 하더니 불면증이 왔다면서 병원 가서 수면제 처방받고 난리였다니까요. 약 먹고도 잠이 안 온다고 그림자 때문에 무서워 죽겠다고 하는데, 완전 짜릿했어요.

> 요마: 스티커를 붙이고 언제부터 그런 증상에 시달리셨나요?

> 블랙위도우: 하루 지난 뒤부터였어요.

> 요마: 증상은 며칠간 계속되었나요?

블랙위도우: 한 5일 정도?

요마: 증상이 나타나는 동안 스티커는 계속 붙어 있었나요?

블랙위도우: 네. 제가 계속 유심히 봤는데 내내 몸에 붙어 있더라고요. 옷을 갈아입어도 같은 자리에 붙어 있더라니까요. 진짜 놀라운 건 남편 눈에는 스티커가 보이지 않더라는 거예요. 어떻게 그럴 수 있어요?

요마: 지금은 스티커가 떨어졌나요?

블랙위도우: 이제 안 보이긴 해요. 그게 떨어진 거예요? 그럼 이제 저주도 끝난 건가요?

요마: 저주는 끝났습니다. 저주한 뒤로 부작용은 없으셨나요?

블랙위도우: 남편이 쩔쩔매는 거 보니 재밌었는데 아쉽네요. 부작용은 별거 없던데요.

요마: 아직 일어나지 않은 걸지도 모르니 혹시나 생기면 말씀 주세요.

블랙위도우: 넵. 근데 무료 이벤트는 또 안 하세요? 다시 참여하고 싶은데.

> 요마: 무료 나눔 이벤트는 끝났고 판매하게 되면 링크 보내겠습니다.

접착력 중 스티커는 헛것을 보게 만드는 저주였다. 이 두 사례를 통해 스티커를 붙인 뒤에 저주가 나타나기까지 걸리는 시간이 매번 다르고, 떨어질 때까지 그 스티커에 맞는 저주에 시달린다는 사실을 알게 되었다.

마지막으로 접착력 '상' 스티커를 발송했다. 어떤 저주 여파가 와도 감수하겠다면서 큰소리치더니 막상 스티커를 받은 뒤로는 잠적해 버렸다. 먹튀를 당한 것이다. 이래서 사람이 싫다. 도무지 신뢰할 수 없는 인간들이 세상에 널려 있다. 그래도 성실하게 대답해 준 테스터들 덕분에 테스트를 끝내고 본격적인 사업에 돌입하기로 했다.

저주 스티커를 구매하려는 사람에게는 무엇보다 익명성이 필수이다. 저주 결과에 따라 파는 사람도 법적 조치를 받을 위험이 있으므로 내게는 보안이 가장 중요하고. 그래서 최대 규모로 운영되는 다크웹 마켓 플레이스 '다크로드'에서 판매하기로 결정했다. 접속 경로를 까다롭게 해 피투피(P2P) 방식의 커뮤니케이션 사이트에 초대받아야만 입장이 가능해 아무나 들어올 수는 없는 곳이다. 익명성과 극강의 보안이 장

점이라 나도 마음 놓고 판매를 개시할 수 있었다.

그래, 이제 알겠는가? 내가 바로 다크로드에서 유명한 저주 마켓 '스티커'를 운영하는 주인장 요마이다.

마켓
스티커

"최근 기후 이변으로 홍수, 폭풍, 지진, 대형 산불 등 자연재해 발생 빈도가 증가한 가운데, 재난 용품 판매 기업 '지도반'의 주가가 사상 최고치를 기록했습니다. 지난해 취임한 반만해 대표가 공격적인 마케팅으로 역대 최고 매출을 이끈 것이 시장에 긍정적인 신호를 보낸 것으로 분석됩니다. 자연재해의 대형화는 당분간 지속될 것으로 예상되며……."

아빠가 텔레비전에 시선을 고정한 채 반찬을 집느라 허공에다 젓가락질을 하고 있다. 아빠는 환경 문제라면 자다가도 벌떡 일어나 일하러 뛰쳐나가는 사람이라 공기를 반찬으로 먹는 일은 예사다. 엄마는 식탁에 논문을 올려 두고 읽느라 주변에 있던 반찬을 아빠 쪽으로 죄다 밀어 두었다. 머그잔에 한가득 따른 커피를 의자에 올린 무릎으로 받치고 있다. 커피에서 피어오르는 김 때문에 안경알이 자꾸 흐려졌다.

아마 지금 학교에 다녀오겠다고 인사를 한대도 내가 언제 아침 식탁을 빠져나갔는지 두 분 다 기억하지 못할 것이다. 우리 집은 대강 이런 식이라고 보면 된다. 부모의 자아실현이 자식에게 긍정적인 영향을 미칠 거라고 굳게 믿지만, 사실 각자의 세계에 빠져 살고 있을 뿐인 가족. 그러니 중간고사 기간에 공부는 미뤄 둔 채 새로운 저주 스티커를 열심히 만든 것도 두 분은 모를 수밖에.

저주 스티커 판매 사업은 순조롭게 운영되고 있다. 저주 거는 법, 저주 용품을 인터넷에 검색하면 무수한 방법과 조언이 넘쳐 난다. 대부분 자기 위안으로 끝나고 말 가짜들과 달리, '스티커' 마켓에서는 진짜를 판매하다 보니 효과를 본 사람들의 재주문이 이어지고 있다. 물론 이렇게까지 성공할 수 있었던 데는 나의 마케팅 방법도 한몫했다.

저주 마켓 '스티커'에 입장하면 저주 그림을 엉터리로 그린 예시 상품 하나만 나온다. 상품명은 '저주 스티커'. 상품을 클릭하면 짧은 문구만 써진 상세 페이지로 연결된다.

스티커 형태의 저주 판매
저주 강도 및 비용은 협의 후 확정

채팅으로 문의 요망

채팅 가능 시간 20시~22시(단 두 시간)

저주의 발동 원리나 접착 강도를 상세하게 설명하지 않은 이유는 저주 스티커를 만드는 기법 자체가 영업 비밀이기 때문이다. 저주 인형이나 제웅처럼 누구에게나 알려진 물품이 아니니 함부로 노출하지 않는 거다. 저주 스티커가 대세가 되는 때가 오면 일반 스티커 용지에 저주 그림을 따라 그리며 판매하는 사기꾼이 생길 텐데 그 시간을 최대한 늦추려는 계산도 있었다.

또한 사람 심리상 수상쩍은 물건을 구체적으로 설명할수록 더욱 믿지 못한다고 한다. '접착력 하 저주 스티커 10만 원'. 이 문구를 본 찰나에 무의식적으로 이미 '이거 순 사기 아니야?' 하고 단정하고 만다. 한번 그런 생각이 들면 더 알아볼 마음은 들지 않는다.

애써 마켓에 접속해 구미가 당기는 물품을 보았는데 채팅 후에 구매가 가능하다는 까다로운 조건이 붙어 있으면 어떨까? 정말 저주를 하고 싶다면 시간 맞춰 채팅창에 들어오는 수고를 거칠 것이다. 그 수고스러움이 첫 구매의 단초가 되어 준다.

게다가 저주 스티커를 만드는 책은 그 두께만큼 다양하고 불길한 저주를 가득 품고 있다. 그렇기 때문에 어떤 저주를, 어떤 강도로 걸지는 사연을 보고 확정할 수 있다. 손님이 진짜 원하는 저주가 무엇인지 정확히 파악해야 만족도도 높고 재구매로 이어질 수 있다는 판단하에 상담 뒤 판매하는 형식을 선택했다.

높은 수수료에도 불구하고 다크로드에 자리 잡은 이유는 자체적으로 배송 서비스를 운영하고 있어서이다. 다크로드에 배송지를 입력하면 자동으로 매번 다른 물품 보관소가 지정된다. 물품을 보관소에 넣어 두면 택배나 퀵을 이용하지 않고 손님에게 직접 전달해 준다. 시험 삼아 나한테 발송 신청을 해 보았기에 안다. 배송 예상일에 발신자 표시가 제한된 전화번호로 사진과 함께 문자가 왔다.

'고객님이 주문하신 상품이 도착했습니다.'

시간은 밤 11시. 사진에 찍힌 건 우리 집 우편함이었다. 우편함에 내가 보낸 서류 봉투가 그대로 들어 있었다. 서류 봉투에는 주소도, 연락처도 적혀 있지 않았으니 누군가 직접 배달한 거라고 볼 수 있었다. 다크로드 특성상 대부분 위험하거나 불법적인 물품 거래가 이뤄지기에 판매자의 안전과 구매자의 익명성이 철저하게 지켜져야 한다. 그래야만 서로 불미스러운 일에 얽히지 않을 수 있다. 그런 면에서 다크로드의 배송 서비스는 높은 수수료를 물더라도 이용할 가치가 있었다.

신상 털릴 걱정 없이 저주를 간편하게 구매할 수 있다는 소문이 알음알음 나면서 손님이 제법 늘었다. 핸드폰은 진즉 최신형으로 바꿨고 수익금은 체크 카드에 넣어 두었다. 단골손님도 생겼다.

단골손님이라는 말이 참 웃기다. 저주를 한번 해 보았더니 효과가 있다는 만족감에 다른 저주를 의뢰한다는 거니까. 그들이 저주를 꼴 보기 싫은 한 명에게만 퍼붓느냐 하면 그것도 아니다. 한번 저주를 시작하는 게 어려워서 그렇지, 일단 손을 대면 눈에 거슬리는 사람들에게 몽땅 저주를 걸고 싶어지는 모양이다. 단골손님이 저주를 재구매할 때는 모두 처음과 다른 상대를 골랐다.

대강 이런 경우다. 처음에는 상사가 자신만 트집 잡아 힘들다고 큰 실수를 했으면 좋겠다고 저주한 손님이, 다음에는 동료를 저주하는 스티커를 구매한다. 동료가 자신보다 더 상사에게 인정받는다는 이유로. 그렇게 저주가 끝날까? 당연히 아니다. 그다음 순서로 학창 시절 자신을 괴롭힌 놈을 찾아내 스티커를 붙이고, 다시 상사에게 되돌아가 회사에서 잘리게 해 달라는 저주를 걸었다.

구매를 거듭할수록 저주의 강도도 점차 높아진다. 병원 동료 여러 명을 저주한 손님은 접착력 중하 스티커로 시작해 마지막에는 접착력 최상 스티커를 구매했다. 돈이 충분하다면 최상 스티커만 사고 싶다는 메시지를 덧붙이면서. 세상이 자기 뜻대로 움직이는 경험을 몇 번 맛보면 카타르시스를 느끼는 것에 그치지 않고 힘을 가졌다고 착각하는 모양이다. 그러니 더 강력한 저주를 원하는 것일 테지. 그 힘이 서서히 자신의 마음을 깨뜨리는 것도 모른 채로.

이미 깨진 마음은 저주를 아무리 쏟아부어도 채워지지 않는다. 그래서인지 저주로 상대를 죽이고 싶다는 주문도 심심치 않게 들어왔다. 궁극적으로 상대의 끝을 보지 않으면 저주하겠다는 의지는 꺾이지 않는 걸지도 모른다. 저주 인형이 세기를 넘어 애용되는 이유도 심장을 찔러 댄 결과가 상대의 고통이나 죽음이기 때문이라는 깨달음을 얻었다.

나는 양심상 죽음을 부르는 저주는 판매하지 않았다. 그런데도 이런저런 저주를 직접 손으로 쓰다 보면 세상에 환멸이 느껴졌다. 거리에 나서면 얼굴, 등, 머리, 다리 등 온갖 곳에 스티커가 붙은 사람들이 보였다. 저주하는 사람도, 저주를 당한 사람도 많은 것이다. 덕지덕지 붙은 스티커를 보면 다들 다른 사람을 미워하고 증오하여 세상에는 원한만 남은 것 같다는 내 생각이 더욱 확고해진다. 돈을 버는 것과 비례해 사람이 더욱 싫어지고 있다. 어서 멸망이나 오면 좋겠다.

"오늘도 시험이지?"

뉴스에서 환경 문제를 더는 다루지 않자 아빠가 현실로 돌아왔다. 어차피 세상이 기후 이변으로 종말 기조로 들어선 이상, 성적을 잘 받는다 한들 의미가 있을까 싶다. 그런데도 아빠는 마치 내 성적이 지구를 구할 아이템이라도 되는 것처럼 성적표에 연연한다.

시험이라는 말에 드디어 논문에서 고개를 든 엄마가 이번에도 전교 석차가 하위권이면 새로 발굴한 왕릉에 날 묻어 버리겠다고 으르렁거렸다.

"왕이 묻힌 무덤이니 같이 묻히면 신분 상승하는 거 아닌가?"

태평한 내 대답에 유머 감각이라고는 없는 엄마가 손을 떨었다. 머그잔에서 커피가 흘러넘쳤다. 위험하다. 엄마의 인내심을 시험하지 않는 편이 미래의 나에게 좋다. 당장 닥친 위기는 학교로 뛰쳐나가며 넘겼으나 아마도 이번 학기가 끝나기 전에 세상이 멸망하지 않는다면 나의 무덤에 엄마가 손수 흙을 퍼 넣는 불상사가 일어날지도 모르겠다.

시험은 어제와 달리 차분하게 치러졌다. 쉬는 시간에 슬쩍 한도윤 옆으로 가서 몸을 살펴봤는데 스티커는 붙어 있지 않았다. 걱정한 건 아니다. 내가 전교 1등의 성적을 걱정하는 거야말로 연예인이나 재벌의 미래를 걱정하는 것처럼 어이없는 일일 거다. 그래도 눈으로 확실하게 확인해 두고 싶었다. 어설프게 따라 한 또 다른 스티커가 붙지 않았는지를.

나도 한도윤처럼 시험에 전념했다. 육각 면에 나오는 숫자를 믿고 따라 적으면 그만인데 이상하게도 적으려는 순간 번뇌가 생긴다. 과연 숫자의 계시가 맞을 것인가. 한 문제당 세 번 정도 같은 숫자가 나와야만 안심하고 마킹할 수 있다. 그래서 시험 기간에는 에너지 소모가 심해 집에 오면 침대로 직행하고 만다.

평소보다 이른 시간에 다크로드에 접속했다. 마켓 스티커 채팅창에는 벌써 문의가 여러 개 와 있었다. 나는 하나씩 답글을 달다가 한 메시지에서 손을 멈췄다.

> 죽일놈의세상: 얼마 전 새벽에 취객에게 '묻지 마 폭행'을 당했어요. 그런데 그놈이 심신미약을 이유로 감형받았어요. 이유도 없이 저를 마구 폭행한 것도 분한

데 술을 마셨다고 감형까지 받다니, 세상이 어떻게 이럴 수 있죠? 너무 억울하고 화가 나서 저주라도 하고 싶어요.

손이 떨려 왔다. 가슴이 벌렁벌렁 뛰었다. 눈앞이 하얘졌다가 정신을 차리고 보니 채팅창에 범인이 어떻게 생겼는지를 묻고 있었다. 나를 때린 범인과 같은 사람일 리 없다고 머리가 말했지만 가슴이 진정되지 않았다.

그래, 같은 놈일 리 없어. 세상에는 아무렇지 않게 폭력을 저지르는 인간이 수두룩하다. 뉴스에도 잊을 만하면 등장하고 인터넷에 '묻지 마 폭행'이라고 검색하면 비슷한 사연이 쏟아진다. 그러니 그놈이 아니다. 알면서도 기억하고 싶지 않은 과거가 속수무책으로 떠올랐다.

초등학교 저학년 때부터 아이들로부터 따돌림을 당했다. 왜 나를 싫어하는지 물어 봤자 자기들 마음대로 그때그때 다른 이유를 가져다 붙일 테니 딱히 물은 적은 없다. 사람은 보통 자신이 만나는 사람의 15퍼센트 정도를 싫어한다고 한다. 그때는 어렸으니 이런 통계는 몰랐으나 학년이 바뀔수록 점점 더 내게 말을 거는 아이가 줄어들면서 그 통계의 확장성을 은연중에 이해했던 것 같다. 1학년 때 나를 좋아하지 않았던 아이가 2학년 때 같은 반이 되면 다른 아이를 끌어들여 그 수는 곱절로 늘어난다는 것 정도로.

학교라는 폐쇄된 환경 속, 나를 싫어하는 사람들은 나중에는 이유도 잊은 채 그저 관성처럼 나를 미워했다. 그건 그런대로 참을 만했다. 나도 그 아이들을 좋아하지 않으면 그만이니까.

따돌림이 괴롭힘으로 변한 건 중학교 2학년 때였다. 내가 스티커를 테스트했던 동창이 길고양이를 학대하는 장면을 우연히 목격했다. 평소 다니던 골목을 벗어나 다른 길로 들어섰던 날, 그 아이의 불쾌하고 잔인한 행동을 보고 말았는데 동창은 오히려 다음 날부터 날 들볶기 시작했다. 범죄를 숨기기 위해 목격자를 제거하려는 영화 속 악당처럼.

동창에게는 이미 다른 아이들에게도 써먹은 괴롭힘 패턴이 있었다. 친한 척 몇 마디 말을 걸고 물건을 빌리는 거다. '와, 그거 좋아 보인다. 며칠만 빌려줘. 왜, 싫어?' 싫다고 하지 않으면 오케이. 물론 빌려준 물건은 돌아오지 않는다. 패턴을 알고 있던 터라 적선한 셈 치자는 나의 정신 승리도 반복되는 요구에 흔들리고 말았다. 안 되겠다 싶어서 동창이 가져간 물건을 목록으로 적어 돌려달라고 했다.

"장난 까?"

동창은 화를 내고는 방법을 바꿔 이번에는 내가 보이기만

하면 밀치기 시작했다. 힘 있는 아이에게 빌붙어 있던 터라 같이 놀던 몇몇이 동창에게 동조하며 시도 때도 없이 밀치는 통에 점차 아이들을 피하게 됐다. 그러던 어느 날, 길을 걷다가 그 일을 당했다. 한낮이었다. 지나가는 사람들도 있었다. 평소처럼 가방끈을 양손으로 붙잡고 걷다가 누군가와 어깨를 세게 부딪혔다. 상대가 날 노리고 일부러 친 거였다. 평소였다면 괜한 시비에 휘말리기 싫어서 입 다물고 지나쳤을 것이다. 그러나 그때는 동창에게 당한 울분이 쌓여 있기도 했거니와 주변에 사람도 많아서 괜찮을 줄 알았다.

"왜 치세요?"

10대 후반 정도 돼 보이던 남자는 "뭐?" 하며 돌아보더니 돌연 내 얼굴을 후려쳤다. 내가 쓰러졌는데도 계속 때렸다. 도망치자 쫓아와서는 넘어뜨린 뒤 발로 찼다. 폭행을 당하는 동안 아무도 도와주지 않았다. 나는 병원에 입원했다. 처음에는 동창이 시킨 거라고 여겼다. 그러나 남자는 동창과 아무 연관이 없었다. 나와도 초면이었다. 경찰 조사에서 남자는 세상에 불만이 많아서 아무나 때리고 싶었다고 진술했다.

엄마는 누구나 당할 수 있는 일이라며 잊어버리라고 했다. 거짓말! 이런 일을 누구나 당하는 건 아니잖아? 왜 나만 이런 일을 겪어야 하는 건데? 대체 왜 나만. 어쩌면 나는 세상으로부터 저주당한 걸지도 몰라. 그게 아니면 말이 안 된다. 내 의문은 또 있었다. 왜 아무도 나를 도와주지 않았을까.

"도와달라고 외치지 않아서 그래. 요즘 사람들은 섣부르게 나서려고 하지 않거든. 도움받을 일이 생기면 주변에 있는 사람을 특정해서 도와달라고 해야 해. 거기 안경 쓴 아저씨, 저 좀 도와주세요, 이렇게."

병실을 방문한 경찰이 설명했다. 도움을 받을 때도 지침이 있다는 게 이상했다. 도와달라고 말하지 않아서 도움받지 못한 거라면 인간이 동물과 다른 점이 무엇일까. 오히려 동물이 인간보다 더 나은 게 아닐까. 적어도 동물은 기분이 나쁘다고 가만히 있는 다른 상대를 물어뜯지는 않잖아. 어릴 때부터 내 주변에는 꼴 보기 싫은 사람들만 바글바글하다고 생각했다. 하지만 아니었다. 모든 사람은 똑같이 이기적이고 서로 반목한다. 사람 자체에 염증이 느껴지자 세상과 연결이 뚝, 하고 끊어진 기분이 들었다. 이런 세상이라면 차라리 망해 버리는 게 낫겠다고 생각했다.

저주 스티커를 만든 이후에 나를 때린 범인에게 스티커를 붙이고 싶다고 생각한 적은 없다. 어차피 인류가 멸망해 버리면 그놈도 없어질 텐데, 굳이 나서서 힘 빼고 싶지 않았다. 다만 묻지 마 폭행을 당한 손님은 나와는 다른 선택을 했으니

돕고 싶었다. 그래서 판매한 가격과 관계없이 접착력 최상 스티커를 보냈다. 그 손님의 상처가 낫기를 바라면서. 그게 내가 할 수 있는 최선이었다.

중간고사 이후, 아이들 사이에 공부 천재가 시험을 망친 원인이 저주 때문이라는 소문이 돌았다. 다크웹에서 아이템을 구매해 저주를 걸었다는 것이다. 정보의 출처는 저주를 건 아이 같았다. 그런데 이상하게도 저주 스티커 구매자에 대한 소문은 돌지 않았다. 대신 마켓 스티커의 채팅창이 분주해졌다.

쇼크18: 요마 님! 저주 스티커를 구매하고 싶은데요. 어떻게 하면 되나요?

요마: 저주 상대는 누구인가요?

쇼크18: 재활용도 안 되는 우리 반 쓰레기인데, 입만 열면 구라에, 하는 짓도 야비해요. 근데 싸움을 무지하게 잘해서 애들이 끽소리도 못 해요. 완전 재수 없어요. 얼마 전에는 제 체육복도 훔쳐 갔어요. 완전 새 거인데! 진짜 인간 이하예요.

요마: 어떻게 저주하고 싶으신가요?

쇼크18: 애들 앞에서 교복에 오줌 싸게 해 주세요. 되도록 많은 애들이 보는 앞에서요. 화장실 말고, 교실에서요.

요마: 필요한 저주 접착력은 중하입니다. 비용은 60만 원입니다.

쇼크18: ???? 왜 이렇게 비쌈??? 접착력 하는 10이라면서요?

요마: 최근에 가격 조정이 있었습니다. 접착력이 하인 스티커도 30만 원으로 인상되었습니다.

쇼크18: 헐!

 가격 인상으로 거래가 몇 번 무산되었다. 저주 때문에 상대는 인생이 무너질 수 있는데 너무 안일하게 판매한 것 같아 가격을 조정한 것이다. 단골손님들의 원성도 있었다. 그동안 단골이었던 걸 감안하여 할인해 달라고 조르다가 받아들여지지 않자 돈을 좀 더 모아 오겠다며 채팅창을 나갔다. 어느 정도는 매출에 타격을 입어도 감수하기로 마음먹었다. 그런데 이틀 뒤부터는 주문이 밀려들었다. 가격이 아무리 비싸도 상대를 불행하게 만들 수 있다면 그쯤은 감당할 만하다고 생각하는 듯했다.

지금까지는 성인 손님이 대부분이었다. 익명이지만 저주의 내용으로 대략 파악이 가능했다. 물론 가격 인상 전에 내 또래로 보이는 의뢰자가 두 명 정도 있긴 했었다. 대가만 제대로 지불한다면 손님이 학생이든 성인이든 관심 없기에 그냥 스티커를 발송했다.

학생으로 추정되는 한 손님은 친구가 자전거를 타다가 넘어지게 해 달라는 저주를 확실하게 이뤄 줬는데도 환불을 요청해서 진상으로 분류되었다. 꼭 그런 부류가 있다. 진상 짓으로 이득도 챙기고 대가는 지불하지 않으려 하는 사람들. 정당한 대가를 아까워하는 손님과의 거래는 한 번으로 끝이다. 저주하려는 마음을 가진 이들은 널렸으니 미련 없이 아이디를 차단했다.

다른 한 건은 공부 천재 저주 건이다. 이 사건을 계기로 소문이 나며 학교에 스티커가 붙은 아이들이 많이 보이기 시작했다. 아까 말했듯이 나는 손님이 누구든 딱히 관심이 없다. 다만 학교에서 스티커를 보면 어떤 사연으로 저주를 당한 건지 장부 내용이 기억났다. 저 아이는 친구를 상습적으로 괴롭히고, 저 아이는 저주 건 손님을 아무 이유 없이 갈구고, 저 아이는 왕따를 주도하고…….

주문한 대로 저주가 나타나면서 몇 학년 몇 반의 누가 이상한 일을 당했다는 소문이 학교를 매일 떠들썩하게 만들었다. 결석하는 아이들도 늘었다. 잘못을 저지르면 결국 스스로 책임져야 한다. 그 단순한 진리를 몸소 겪으며 직접적으로 터득하게 해 줬으니 이건 정의 구현이 아닐까, 그런 생각도 살짝 들었다.

이즈음 한 사람을 저주하기 위해 여럿이 돈을 모은 공동 구매 건도 들어왔다.

5월 9일

닉네임: 저주 연합

접착력: 하

가격: 300,000원

저주 내용: 그 자식 때문에 연대 책임으로 벌점 먹음. 그 자식 하나 때문에 다 같이 엿되어서 열받아 죽겠는데 그 자식은 잘못한 게 없다는 투로 쪼개고 다님. 저주당해도 쌈. 그 자식이 죽었으면 좋겠으나 그건 안 된다고 하니까 생기부에 적힐 만한 일을 저질러서 벌을 받았으면 함. 프리즈~~

메모: 채팅으로 받은 사연이 가짜일 수 있다는 사실을 알게 됨.

저주 연합이 거짓으로 사연을 지어냈다는 건 우연히 알게 됐다. 급식을 먹고 운동장 스탠드에서 쉬고 있는데 2학년 선배들이 우르르 몰려왔다. 날 흘깃 보긴 했으나 모르는 얼굴이라 괜찮다고 여긴 건지 목소리가 컸다. 내가 앉은 자리까지 대화 내용이 들려서 본의 아니게 엿듣고 말았다.

"야! 그 새끼 갑자기 눈 돌아서 담임 지갑을 슬쩍하는데 내가 다 떨리더라. 웃긴 게 담임이 생기부에 남긴다고 하자마자 스티커가 딱 떨어져선 곧바로 사라지더라니까. 진짜 저주 맞나 봐. 완전 신기하네."

"아까부터 호들갑은. 다음엔 내가 붙여 볼 거야. 내 눈으로 확실하게 봐야 믿겠어."

"맞다니까 겁나 못 믿네."

"야, 근데 저주 건 거 들키면 어떻게 하냐?"

"뭘 어떻게 해? 자업자득이지. 그러니까 왜 야자 튄 걸 담임한테 홀랑 꼰질러? 입 다물고 있으면 아무 일 없잖아."

"맞아. 다 당할 만하니까 당하는 거야."

"됐고, 다음에는 누구 해 볼까? 애들 좀 더 모아서 열 명 채운 다음에 한 3만 원씩만 모을까? 이번에 지출이 너무 셌어."

"그래서 누구 저주할 건데?"

저주 연합은 30만 원짜리 장난을 샀다. 앞으로도 계속해서 장난을 칠 테고 내가 받아 주지 않으면 아이디를 바꿔 가며 구매할 터다. 나는 한숨을 쉬고 스탠드를 벗어났다. 어차피 저주 스티커를 구매하는 사람들의 사연을 모두 믿은 건 아니다. 사람마다 참을 수 없는 부분이 다를 수 있으므로 특정한 기준을 들이대지도 않았다. 어떤 이유로 저주 스티커를 구매하든 내가 상관할 바는 아니지만 잠깐 우쭐한 게 부끄러웠다. 정의 구현은 개뿔. 장난이든, 복수든, 다들 자기만족을 위해 저주 스티커를 사는 것이다.

어차피 용돈벌이로 시작한 일이다. 저주가 부메랑이 되어 돌아오는 것도 감수하고 장난을 치겠다면 역시 내 알 바 아니다.

그때, 스탠드 쪽에서 비명이 들려왔다.

저주의 부메랑

복수하고 싶다면 무덤을 두 개 파 놓으라는 말이 있다. 하나는 상대의 무덤이고, 다른 하나는 나의 무덤이라고 한다. 저주의 경우는 더하면 더했지, 덜하지는 않을 것 같다. 내 생각에는 상대의 무덤을 하나 팔 때 나의 무덤을 두 개는 파 놓고 시작해야 하는 게 저주라고 본다. 방금 들린 비명에서 묻어나는 두려움만 봐도 그렇다.

스탠드에서 비명을 지른 사람은 아까 그 2학년 선배들이었다. 비명을 듣고 달려가 보니 계단 밑 운동장 가장자리에 선배들이 처박혀 있었다. 운동장에서 공을 차던 아이들이 잔뜩 몰려와 사고 현장은 금세 아수라장이 되었다. 그런데 사고 현장이라고 불러도 될까? 사실 이건 사건 현장이 아닐까?

운동장에 있던 목격자들에 의하면 선배 중 한 명이 갑자기 휘청였고 그 선배를 잡은 다른 선배 역시 비틀댔다. 다른 선배를 잡으려는 또 다른 선배 역시 넘어졌으며 마지막 선배까지 줄다리기에 끌려가듯 줄줄이 계단을 굴렀다는 것이다. 도미노처럼 쓰러진 선배들은 운동장에서 끙끙거리다가 구급차에 실려 갔다. 다음 날 아이들 입을 통해 선배들이 죄다 손목에 금이 갔다는 소식을 들었다.

"소름 돋지 않아? 어떻게 네 명이 똑같이 다 오른쪽 손목을 다치냐?"

각자 자빠진 자세를 생각하면 기이하기는 했다. 만약 선배들이 되돌아온 저주 부메랑에 맞은 거라면? 스티커를 붙인 사람만이 아니라 저주를 도모한 모두에게 저주의 부작용이 일어난다는 걸 의미했다. 그 오래된 저주 책에도 저주를 걸면 자신에게도 해가 되돌아오니 다시 한번 심사숙고하라는 말이 적혀 있었다. 각 페이지의 저주 그림 위에는 여러 버전의 경고도 있었다.

이 저주를 행할 시 부정적인 에너지가 바로 쌓입니다.
이 저주를 행할 시 부정적인 에너지가 두 배로 쌓입니다.
이 저주를 행할 시 부정적인 에너지가 곧바로 폭발합니다.

이렇게 세 가지 내용이 저주마다 하나씩 들어가 있는데, 지금까지는 무슨 의미인지 몰라서 대충 넘겨 보며 크게 신경 쓰지 않았다. 일단 적혀 있으니 '경고 사항'으로 프린트해 저주 스티커와 함께 발송하는 정도였다. 하지만 부정적인 에너지가 진짜 저주의 부작용을 의미한다면 앞으로 손님 응대 방식이 달라져야 할지도 모른다. 저주 연합이 주문한 저주가 담긴 책 페이지를 보면 '부정적인 에너지'의 뜻이 확실해질 것이다. 당장이라도 확인하고 싶어 조퇴를 신청할지 망설이던 차에 담임 선생님이 교실로 들어왔다.

담임 선생님은 어제 사고를 짧게 언급하더니 최근 학교 안팎으로 사건 사고가 자주 일어나고 있다며 주의를 당부했다. 저주로 일어난 일들이라 순간 뜨끔했다. 저주로 인한 사건 사고는 저주당한 아이에게만 생긴다고 여겼는데, 선배들을 보면 저주를 건 사람도 영향을 받았을 확률이 높았다. 내 추측이 맞는지 확인이 필요했다.

가만있자, 최근에 갑자기 결석했다가 등교한 애가 누가 있더라?

나는 우리 반을 둘러보며 저주했을 법한 아이를 찾아보았다. 그때 반장 박유리가 눈에 들어왔다. 학기 초 아이들에게 살갑게 대하며 반장으로 뽑힌 박유리는 불과 한 달도 지나지 않아 이기적인 본모습을 드러냈다. 전교 석차가 2등인데 욕심이 무척 많았고, 운이 좋아서 반장 자리를 꿰찬 뒤에 반장이라는 감투를 권력으로 여기고 있었다.

박유리는 중간고사 다음 날 결석했다. 게다가 평소에 공부 천재가 고액 과외를 받아서 전교 1등을 하는 거라고 입버릇처럼 떠들고 다녔는데, 중간고사 직전부터 그런 말이 쏙 들어간 부분도 수상했다. 박유리는 내가 다가가자 치켜뜬 눈으로 흘겨본 뒤 그 아이다운 말로 인사를 대신했다.

"나 바쁘니까 꺼져."

이러니 내가 혼자만의 세상에 갇혀 지내도 전혀 불만이 없는 거다. 다짜고짜 꺼지라고 말하는 아이와 친구를 할 바에는 차라리 혼자가 되는 게 낫다. 저주를 당할 법한 아이를 할 법한 아이로 착각한 건지도 모르지만 일단 욕을 먹었으니 되갚아 주긴 해야겠지.

"네가 다크로드 정보 흘렸지?"

"뭐라는 거야, 이 사회 부적응자가. 짱시러, 미쳤어?"

내 별명은 '짱시러'이다. 내 이름인 '장시루'에서 비롯된 건데 세상을 싫어하는 내 성향이 잘 반영되었다고 볼 수도 있다. 그렇다고 별명이 마음에 든다는 말은 아니다.

"여기서 얘기할까? 공부 천재 답안지 밀려 쓰게 만든 거."

박유리가 진짜 공부 천재에게 스티커를 붙였는지 확신은 없다. 굳이 따져 보자면 확률은 반반 정도이다. 그래도 일단 한번 던져 봤다. 범인이라면 제 발 저려서 미끼를 물 것이다. 아니라면 노발대발할 테고. 박유리는 말없이 자리에서 일어났다. 그 행동만으로도 박유리가 닉네임 '마법사'라는 걸 시인한 거나 마찬가지였다.

"따라와."

박유리가 먼저 교실을 나갔다. 박유리는 말속에 담긴 의미를 잘 유추해서 대화가 빨랐다. '지금 나와 단둘이 이야기하지 않으면 네가 한 짓을 반 아이들 앞에서 말해 버리겠다'라는 나의 압박을 재깍 알아듣고 자발적으로 으슥한 곳으로 이동했다. 물론 대화가 잘되리라는 보장은 없다. 발뺌은 기본 옵션이니까. 박유리는 끝까지 저주한 사실을 인정하지 않을 것이다.

그런데 학교 주차장으로 간 박유리가 팔짱을 낀 채 오히려 날 협박했다.

"짱시러, 죽고 싶어서 환장했어? 약점 하나 잡았다고 착각하나 본데, 애들이 네 말을 믿을 거라고 생각해? 아니면 믿지는 않더라도 나한테 타격은 줄 수 있겠다 싶어?"

예상과 다른 전개에 얼떨떨했다. 오호라, 발뺌 없이 막장으로 나온다는 거지? 박유리는 이미 자신이 저주했다는 진실은 감춘 채 학교에 다크웹 정보만 흘린 적이 있다. 알리바이를 만들어 두고 상황을 과감하게 가지고 논 거다. 그러니 들키지 않을 거라는 자만에 빠져 있는 것이다. 한 가지 간과한 점이 있다면 내가 마켓 스티커 주인장이라는 사실이다. 곧 나의 전투력도 상승했다.

"네가 마법사지?"

박유리의 표정이 일그러졌다. 내가 이겼다고 막 생각했을 때, 미간에 주름을 잡은 채 잠시 생각에 빠져 있던 박유리가 기분 나쁜 미소를 지었다.

"내가 마법사면, 넌 뭔데?"

아뿔싸. 정체를 밝히면 타격을 입는 사람은 오히려 나다. 나는 당황한 걸 들키지 않으려고 애써 덤덤한 척했다.

"네가 저주 스티커를 이용해 공부 천재를 저주했다는 정보가 있어."

"그러니까, 그 정보는 어디서 난 거냐고?"

"그건 그러니까, 그러니까, 내 정보원한테 들은 거야."

박유리가 코웃음을 쳤다. 들켰구나 싶었다. 시간을 되돌리는 저주는 없겠지? 괜히 불러냈다가 내가 요마라는 사실만 발각되게 생겼다. 어휴!

"짱시러, 너같이 공부 못하는 애들의 문제가 뭔지 알아? 하나만 알고 둘은 모른다는 거야. 정보원이 내가 마법사래? 참나, 어이가 없네. 네가 개지?"

"개?"

하도 긴장해서 목소리가 갈라져 나왔다. 박유리는 비웃는 표정으로 날 바라봤다.

"네가 다크로드 배달원이잖아."

아마도 공부 못하는 나 따위는 저주 스티커를 만들 능력이 없다고 판단한 듯했다. 그러니까 마켓 주인장을 제외하면 자신의 정체를 캐낼 수 있는 사람은 스티커를 배달한 배달원밖에 없을 거라고 추리한 거다. 기분은 상했으나 정체를 들킨 건 아니라 일단 안심했다.

"맞아. 내가 배달원이야. 그래서 묻는 건데, 공부 천재 저주하고 나서 너한테도 이상한 일 일어나지 않았어?"

"그건 네가 알아서 뭐 하게?"

"배달원 업무 중에 하나야. 상품 피드백 받는 거. 그러니까 알려 줘. 비밀은 절대 지킬 테니까. 그게 다크로드 영업 방침이기도 하고. 만약 피드백을 주지 않으면 다크로드 이용에 불이익이 간다는 건 미리 일러둘게."

한번 거짓말이 터지니 술술 나왔다. 박유리가 얼마나 자주 다크로드를 이용하는지는 모르겠으나, 불이익이라는 말에 눈썹이 꿈틀하는 모습을 놓치지 않았다.

"원래 피드백을 받는다고?"

"그런 신규 상점을 신뢰해도 되는지 다크로드도 확인해야 할 거 아냐. 더는 영업 비밀이라 말 못 해 줘. 더 말하면 나 잘릴 수도 있어. 이상한 일 없었어?"

쐐기를 박는 거짓말에 마침내 박유리가 팔짱을 풀었다. 어디까지 말해 줘야 하나 고심하는 듯했다.

"중간고사 끝나는 날, 엘리베이터에 갇혔어. 아무리 관리실에 연락해도 연결이 안 되고, 전화도 안 터지더라고. 그러다 거울을 봤는데……."

박유리는 그때를 떠올리는지 얼굴이 새하얗게 질린 채 잠시 주변을 둘러봤다. 승용차들 차창에 자신이 비치는 모습을 보고는 슬쩍 등을 돌려 섰다.

"거울에 무시무시하게 생긴 검은 그림자가 있더라. 너무 놀라서 기절했어. 깨 보니까 병원 응급실이었어. 엘리베이터에서 구조한 뒤에 옮겼대. 그 일 이후로 엘리베이터를 못 타. 거울도 못 보겠고."

이전에 헛것을 보게끔 저주를 걸었던 블랙위도우의 남편도 검은 그림자를 봤다고 했다. 같은 그림자일까? 혹시 같은 시기에 박유리한테 헛것이 보이도록 누가 스티커를 붙인 건 아닐까? 하지만 테스트 이후로 헛것이 보이는 스티커를 만든 적은 없는 것 같은데…….

"그림자 외에 다른 건 없었어? 검은 그림자를 이후에도 계속해서 봤다거나, 누가 너한테 저주 스티커를 몰래 붙인 거 같지는 않았어?"

"완전 어이없네. 마치 내가 저주받을 만한 사람이라는 식으로 말하잖아? 아무튼 이래서 사회 부적응자들이랑은 대화가 안 된다니까. 공감 능력이 아주 제로야."

공부 천재한테 발동한 저주를 지켜본 박유리가 자신에게도 저주 스티커가 붙었을 가능성을 따져 보지 않았을 것 같지는 않다. 검은 그림자는 저주의 부작용이라고 생각했으니 내가 이상한 일이라고 말했을 때 반응한 거다. 이전에 손거울이 깨졌던 게 단순한 우연이 아니라는 건 확실해졌다. 저주는 반드시 부메랑이 되어 돌아온다.

"저주 스티커가 너한테 붙을 이유는 당연히 없지. 그래서 말인데, 그림자는 어떻게 생겼어? 눈, 코, 입은 있어?"

"하여간 꼴찌다운 질문이네. 눈, 코, 입이 있으면 그게 그림자겠니?"

한심하다는 어투이다. 어째서 공부를 못한다는 이유로 이렇게 무시당해야 하는 걸까? 내가 공부를 못해서 박유리한테 피해 준 것도 없는데 말이다.

"궁금한 거 하나 더 물어도 돼?"

"아주 말을 텄다 이거야?"

"공부 천재를 저주한 이유, 걔가 너보다 공부를 잘해서야? 전교 1등 한번 해 보고 싶어서?"

"사실 머리는 내가 걔보다 더 좋아. 건방지게 맨날 전교 1등 하는 것도 짜증 나는데, 반 애들까지 걔가 반장이 됐어야 한다고 뒤에서 떠드니까 못 참겠더라. 걔만 없었으면 내가 그런 이야기를 들을 필요도 없는데. 말하다 보니까 더 짜증 나네."

성적 때문에 험담을 들었다고 착각하는 걸 보니 아직 자기 객관화가 덜 되었구나 싶었다. 아이들이 그렇게 말하는 건 네 성격 문제야, 그런 말을 해 주려다가 말씨름이나 할 것 같아서 관뒀다.

박유리는 오늘 일을 나불거리면 나한테도 저주 스티커를 붙일 줄 알라고 으름장을 놓은 뒤 종소리가 들리자 교실로 쌩하니 들어가 버렸다. 수업이 어떻게 지나간 건지 모르겠다. 종례가 끝난 뒤 청소도 땡땡이친 채 집으로 달려갔다. 침대 밑에 둔 철제 금고에서 책을 꺼내 박유리와 선배들이 주문한 저주 페이지를 펼쳤다.

두 장 모두 접착력은 하. '이 저주를 행할 시 부정적인 에너지가 바로 쌓입니다'라는 문구가 적혀 있다. 선배들은 저주가 발동되자마자 당일에 저주 부메랑을 받았다. 반면 박유리는 3일 뒤에나 부작용에 시달렸다. 같은 접착력을 가진 저주여도 부작용이 일어난 시간이나 강도가 제각각이었다. 그러니 부정적인 에너지가 저주의 부작용을 뜻한다고 볼 수 없을 것 같다. 그렇다면 대체 부정적인 에너지는 뭘 의미하는 거지?

고민은 저녁까지 이어졌다. 우리 집 단톡방은 여느 때와 같이 잠잠하다. 일찍 퇴근하면 메시지를 남기는 게 원칙인데, 오늘도 집에 나밖에 없어서 그렇다. 저녁은 냉동 피자를 데워서 때운 뒤 환기하기 위해 열어 두었던 창문을 닫았다. 조급하게 창문 걸쇠를 걸다가 손가락을 찧었다. 번뜩 단골손님들이 보내온 메시지가 떠올랐다. '제가 당한 일이 저주 부작용인가요?' 묻던 메시지들.

아픈 손가락을 빨며 다급하게 채팅창을 뒤져 봤으나 모든 메시지는 삭제되어 있다. 다크로드 정책상 지난 대화는 한 시간 안에 자동으로 삭제되어 다시 볼 수가 없었다. 기억에 의지해 단골손님들에게 일어난 괴상한 일들은 더듬어 보기로 했다.

가장 먼저 떠오른 메시지는 한 단골손님이 스티커를 재구매한 후 검은 그림자를 보고 교통사고를 당했다는 거였다. 그때는 단골손님이 운전할 때 앞을 제대로 보지 않아 사람이 뛰어든 줄 알고 피하다가 사고가 일어났다며 지나가는 말로 얘기한 거라 나도 별로 귀 기울이지 않았다. 다른 단골손님은 며칠간 새똥을 연이어 맞은 데다 킥보드에 부딪혀서 다치는가 하면 가스레인지를 켜 둔 걸 깜빡해서 화재 소동이 있었다고 했다. 그런 일들이 저주의 부작용인가 상담했었는데 저주를 자주 했는데도 그 정도로 끝났으면 큰일이 아니라고 안일하게 생각하며 넘겨 버렸다.

저주가 반드시 되돌아가는 사실을 알고도 스티커를 구매할 사람이 과연 있을까? 다들 반신반의하면서도 저주의 부메랑 따위는 없다고 믿으니 저주 스티커를 구매하는 것이다. 저주의 부작용을 제대로 밝히지 않고 계속 스티커를 파는 건 양심상 그다지 내키지 않았다.

나는 검은 돌멩이를 책장에서 가지고 왔다. 돈을 잘 벌기 시작한 뒤로 마요한테도 선물을 잔뜩 사 줬다. 밀짚모자, 비니모자, 고깔모자 등 꾸밀 수 있는 아이템을 종류별로 사서 그때그때 내키는 대로 바꿔 주고 있다. 최근에는 곰돌이 귀 모양 모자를 씌워 두었는데 지금까지 꾸몄던 모습 중에 가장 귀여웠다. 나는 '실례'라고 말하고선 곰돌이 모자를 벗긴 뒤 마요의 머리라고 생각하는 둥근 부분을 살살 매만졌다. 마음이 살짝 안정되는 듯했다.

'마요야. 나 스티커 계속 팔까, 말까?'

마요는 당연히 대답이 없었다. 답은 스스로 찾으라는 거겠지. 마켓 스티커를 당분간 운영하지 않는 쪽으로 가닥을 잡고 있을 때 채팅창에 알람이 떴다. 닉네임이 '너도당해봐'였다.

너도당해봐: 저주 스티커 판매하시죠?

대답을 망설이고 있는데 다음 메시지가 떴다.

너도당해봐: 저주 스티커를 구매하고 싶어요. 저한테 저주가 돌아온다고 해도 꼭 저주하고 싶은 사람이 있어요. 제발 도와주세요, 요마 님!

> 요마: 상대에게 저주 스티커를 붙이면 자신에게도 부작용이 되돌아옵니다. 어떤 식으로 되돌아올지, 언제 올지는 알 수 없으나 반드시 겪게 되실 겁니다. 실제로 많은 분이 부작용을 겪었습니다.

너도당해봐: 상관없어요. 그 정도 각오도 안 하고 저주를 걸겠어요? 내가 망한다고 해도 걔도 같이 망하는 거니까……. 이렇게라도 안 하면 정말 죽을 것 같아서 하는 거예요.

요마: 누구를 저주하고 싶으신데요?

너도당해봐: 전 남친이요. 전 헤어지고 너무 힘든데 걔는 벌써 다른 애랑 사귀어요. 어떻게 절 배신할 수 있죠? 그렇게 잘해 줬는데. 정말 걔만 생각하면 배신감에 치가 떨려요. 지금 사귀는 여친을 저주해 봤자 또 다른 사람이랑 사귈 놈이라서, 아예 전 남친이 저주받고 세상에서 사라져 버리면 좋겠어요.

요마: 사람을 죽게 하는 저주 스티커는 판매하지 않습니다.

너도당해봐: 눈이 멀어 버리는 스티커는 없나요?

요마: 영구적인 장애를 입히는 저주는 접착력이 최상이며, 300만 원에 판매하고 있습니다.

너도당해봐: ……영구적인 거 말고, 일시적인 거는요? 짧은 것도 괜찮아요. 한 달이나 일주일쯤?

요마: 일시적인 장애도 접착력이 상에 해당하므로 150만 원입니다.

너도당해봐: 가장 싼 게 30이라고 들었는데, 그걸로는 얼마나 눈을 멀게 할 수 있는데요?

요마: 꼭 눈을 멀게 하셔야 합니까?

너도당해봐: 눈이 멀면 전 남친도 정신 차릴 것 같아서요.

요마: 접착력 하 스티커로는 한 시간 정도 눈을 멀게 할 수 있습니다.

너도당해봐: 좋아요. 그걸로 할게요. 언제 발송되죠?

요마: 3일 안에 받으실 수 있습니다.

너도당해봐: 고맙습니다. 요마 님!

   어영부영 새 손님을 맞이했다. 고민에서 벗어나지 못한 상태에서 저주 그림을 그리자니 손이 자꾸 헛나갔다. 종이를 구기거나 찢으면 엄마가 발견할 수도 있어서 실수한 종이는 태워 버리는데 오늘따라 종이가 잘 타지도 않았다.
   겨우 완성한 스티커를 책상에 올려 두었다. 하는 김에 경고 사항이 담긴 문구도 수정했다. '저주 스티커를 붙이면 반드시 부작용이 일어나니 붙이기 전에 한 번 더 고민하십시오'라는 말을 추가했다. '반드시'라는 글자는 굵게 처리했다. 이 정도면 경고는 할 만큼 한 게 아닐까? 새로운 손님 말처럼 부작용을 알고도 저주를 거는 건 같이 망하자는 뜻일 테고, 나는 그걸 옆에서 살짝 거들 뿐이다. 그렇지, 마요야?

그런데 사흘 뒤, 복도를 지나다가 방금 화장실에서 나온 남학생 등에 저주 스티커가 붙어 있는 걸 보았다. 눈을 한 시간 동안 멀도록 하는 스티커였다. 기어이 붙였구나. 요 며칠 스티커를 붙이고 다니는 아이들을 볼 때마다 괜히 싱숭생숭해졌다. 어쩌면 어딘가에서 저주가 일어나길 기다리고 있는 마음들이 못마땅한 건지도 모른다. 돈을 받았으니 내가 상관할 바가 아닌데도 입에 쓴맛이 감돌았다.

주변에 '너도당해봐'가 있을까 싶어 둘러보고 있는데, 홀연히 나타난 한 남자아이가 스티커가 붙은 남학생 뒤를 바짝 따라붙었다. 한눈에 보기에도 수상쩍었다. 뒤를 쫓던 남자아이가 주춤거리며 손을 뻗는가 싶더니 남학생 등에서 스티커를 재빠르게 떼어 냈다. 교복 뒷자락이 잠깐 붙잡힌 남학생이 뒤돌더니 기분 나쁘다는 듯 스티커를 뗀 남자아이를 노려봤다. 남자아이가 고개를 연신 조아리며 사과했다. 남학생이 교복을 털며 자리를 떴다.

'너도당해봐'가 남자였다니! 아마 사실을 밝히기 어려워 사연을 꾸며 내 여자인 척한 모양이다. 그나저나 양심은 있나 보다. 한때 좋아한 연인의 눈을 멀게 하는 저주는 아무래도 너무했다 싶어서 스티커를 떼었을 테니.

나는 스티커를 붙였다가 바로 떼어 낸 손님을 다시 바라봤다. 명찰에는 '소우주'라고 적혀 있었다. 머리는 약간 헝클어지고 살짝 살집이 있는 평범한 아이였다. 자꾸 주변 눈치를 보는 것도 실연당한 아픔 때문에 아직 마음이 진정되지 않은 탓일 거다. 그러나 이런 생각이 나의 단단한 착각이라는 건 그로부터 이틀 뒤에 밝혀졌다.

전 남친 저주 스티커를 구매한 손님이 컴플레인을 걸었다. 눈이 멀지도 않았는데 스티커가 사라졌다면서 말이다. 설마 자는 동안 눈을 멀게 한 거냐며, 사기라고 고소하겠단다. 의아한 건 오히려 나였다. 본인이 직접 스티커를 떼 놓고 왜 나한테 트집인 거야?

내가 학교에서 스티커를 떼는 모습을 목격했다고 하자 '너도당해봐'는 더 흥분했다. 자기는 스티커를 뗀 적이 없는데 덤터기를 씌운다며 길길이 날뛰었다. 그러고는 요마 당신이 대체 어떻게 학교에 와서 스티커 떼는 광경을 본 건지 따져 물었다. 아! 또 실수.

꽤 긴 불만을 들어 준 뒤에는 한 단계 업그레이드된 접착력을 가진 스티커를 재발송하는 타협안으로 불평을 잠재울 수 있었다. 그렇다고 해도 여전히 의문이 남았다. 그럼 스티커를 떼어 낸 소우주는 도대체 누구란 말인가?

구매자가 아닌데 스티커를 볼 수 있다는 것부터 이상했다. 대체 어떻게 저주 스티커를 보는 거지? 일단 스티커를 붙인 경험이 있으면 다른 스티커도 보이는 걸까? 그렇다면 여기저기에 붙은 수많은 스티커를 기존 구매자들도 다 볼 수 있다는 건데, 말이 안 된다. 박유리는 다른 스티커가 보이면 가만히 있을 아이가 아니다. 그 즉시 요마에게 왜 스티커가 보이는지 따져 물었을 것이다. 그도 아니면 등에 붙은 먼지를 떼려다가 우연히 스티커를 같이 떼게 되었나? 근데 애초에 스티커를 붙였다가 뗄 수도 있는 거였어? 아무리 생각해 봐도 당최 모르겠다.

이튿날 학교에 가자마자 소우주를 찾아다녔다. 소우주는 의외로 바로 옆 반이었다. 워낙 눈에 띄지 않는 아이라서 그동안 몰랐던 거였다. 반을 찾느라고 몇 명에게 소우주에 관해 물어봤는데 대체로 비슷한 평가를 내렸다. 음침한 아이라는 것. 매사 눈치를 보고 다른 사람 몸에 멋대로 손을 대는 아이가 소우주였다. 한마디로 가까이하고 싶지 않은 아이라는 말이다.

　인색한 평가를 받는 터라 소우주는 급식을 혼자 먹었다. 물론 나도 급식을 혼자 먹고 그게 오히려 편하니 이 사실만으로 소우주를 판단하지는 않겠다. 소우주는 급식 반찬을 천천히 꼭꼭 씹어 먹었다. 잔반 없는 식판을 퇴식대에 두면서 잘 먹었다고 인사를 했다. 양치질한 뒤에는 개운한 표정으로 학교를 어슬렁거리며 돌아다녔다. 정확하게는 아이들 뒤를 따라다니며 무언가를 눈여겨봤다. 시선을 느낀 아이들은 불쾌함을 드러내며 소우주를 피했다.

　쉬는 시간에도 관찰을 이어 갔다. 소우주는 쉬는 시간마다 다른 층 복도를 공연히 왔다 갔다 하며 아이들을 유심히 쳐다봤다. 그러다 한 아이를 특정하고는 집요하게 따라붙었다. 팔에 스티커가 붙어 있는 아이였다. 거리가 멀어서 스티커 그림까지 보이지는 않았지만 저주 스티커라는 건 확실했다. 소우주가 실수인 척 그 아이에게 몸을 부딪쳤다. 부딪힌 아이는 짜증을 냈고 소우주는 또다시 고개를 조아렸다. 사과했는데도 스티커가 붙었던 아이의 친구들에게 시달리다가 종소리가 나자 겨우 벗어나며 소우주가 뒤돌아섰다. 손에는 스티커가 들려 있었다.

　소우주는 스티커를 인지하고 있는 게 분명했다. 어떤 의도를 가지고 떼어 냈다는 것 역시 확인했다. 하지만 소우주가 어떻게 스티커를 보는 것이며 왜 떼어 내는지 추측해 볼 시간이 필요했다. 나는 일단 소우주를 내버려두기로 했다.

그날 채팅창에는 스티커가 사라졌는데도 저주가 일어나지 않았다는 손님의 불만이 제일 먼저 등장했다. 아마도 소우주가 낮에 떼어 낸 스티커인 듯했다. 이전에도 스티커가 사라졌는데 저주가 일어난 건지 모르겠다는 항의가 한두 번 있었다. 그때는 저주가 일어난 걸 보지 못한 손님 탓이라고만 여겼다. 학교에 스티커가 유행하면서 저주가 발동하지 않는다는 항의가 부쩍 늘었는데 그게 다 소우주 짓이었나 보다. 이로써 스티커를 떼어 내면 저주가 발동하지 않는다는 충격적인 사실마저 증명된 셈이다.

눈물을 머금고 최초로 환불을 해 주었다. 다시 스티커를 제작해서 발송해 봤자 떼어 내면 말짱 도루묵이 된다. 나는 당분간 스티커 제작을 중단하기로 했다. 공지를 띄운 뒤 사이트를 나왔다.

다음 날 등교하자마자 소우주를 찾아갔다. 소우주가 책상에 엎드려 자는 같은 반 아이에게 접근하는 모습을 보고선 나도 그 애에게 다가갔다. 스티커를 떼어 낼 생각에 열중한 나머지 내가 가까이 다가갔는데도 소우주는 인기척을 알아차리지 못했다. 소우주가 스티커에 손을 대는 순간, 범인을 검거하듯 나도 그 아이의 손목을 붙잡았다.

"잠깐 얘기 좀 해."

소우주가 눈을 동그랗게 뜬 채 날 마주 봤다.

저주와 가업

아무래도 소우주의 전략에 말려든 것 같다. 나는 이마에 맺힌 땀을 닦아 내며 오르막길을 걷고 있다. 소우주네 집으로 가기 위해서다.

소우주는 학교에서 내가 손목을 붙잡자 처음에는 놀란 기색이었다. 그러나 곧 "잠깐만." 하고서는 침착하게 스티커를 마저 떼어 냈다. 비록 검거됐으나 정의는 끝까지 지키겠다는 듯이. 따라오라는 말에도 군소리가 없었다. 내 단골 대화 장소가 된 주차장으로 가자 소우주는 그제야 떼어 낸 스티커를 정성스럽게 접어 교복 주머니에 넣었다. 밥 먹는 자세부터 스티커를 접는 태도까지 보니 '모든 일에 진정성 있게 행동하자' 같은 좌우명이라도 있는 듯했다.

나는 교복 주머니에 손을 넣고 최대한 삐딱한 자세를 취했다. 너와는 다르다는 걸 보여 주면서 기선을 제압하려는 의도였다.

"왜 너한테 스티커가 보이지?"

"아! 너 스티커 주인이 아니라 스티커 제작자구나? 요즘 학교에 스티커가 많이 보여서 혹시 우리 학교 학생이나 선생님이 만드는 건가 싶었는데……. 너였구나."

내가 또 스스로 무덤을 판 건가. 아니다. 신중하게 질문했어도 어차피 마지막에는 스티커가 보이는 이유를 물었을 테니 이번에는 상대 페이스에 휘말렸다고 할 수 없다. 나는 박유리한테 배운 대로 당황할 수밖에 없는 질문을 역공으로 되돌려주었다.

"내가 스티커 제작자면, 넌 뭔데?"

"나? 나는 소우주."

"누가 네 명찰에 떡하니 박힌 이름 알고 싶다고 했어? 왜 네가 스티커를 떼는 건지 묻는 거잖아."

"아! 저주를 깬 이유가 궁금한 거구나. 궁금하면 이따 수업 끝나고 우리 집에 올래? 집에 가서 네가 알고 싶어 하는 부분들 다 말해 줄게."

"내가 왜 너희 집에 가야 하는데?"

"네가 궁금해하는 얘기는 아무 데서나 할 수 없거든. 꼭 집에서 설명해 줘야 해. 음, 오늘이 너무 급하면 마음 내킬 때 와."

나는 피식 비웃음을 흘리고서는 팔짱을 꼈다.

"널 뭘 믿고 너희 집엘 가? 여기서 그냥 다 말해."

"안전장치도 없는 장소에서 저주의 비밀을 발설할 수는 없어. 이해해 줘."

회심의 비아냥은 소우주에게 통하지 않았다. 타격감이라곤 없는 얼굴로 계속 사람 좋은 미소만 짓고 있었다. 음침하다기보다는 그냥 순수해 보였다. 그러니 비꼬는 것도 못 알아듣는 걸 테고. 그때 수업 종이 울렸다. 안전장치는 뭐고, 저주를 왜 안전장치와 연결하는 건지 꼬치꼬치 캐물을 시간이 없었다. 이러다 궁금증 해소는커녕 집에 가서 밤에 이불 킥이나 할 것 같은 불안감이 들어서 결국 수업 끝나고 소우주 집으로 가기로 한 것이었다.

오르막길이 끝이 없었다. 나만 힘든 건지, 소우주는 언덕을 느릿느릿 잘도 올라갔다. 낡은 집들이 경사로에 자리 잡고 있어 지붕들이 비스듬히 겹쳐 보였다. 소우주네 집은 다닥다닥 붙은 집들 가장 앞에 도미노 첫 패처럼 자리 잡고 있었다. 작은 집이다. 마당에 가꾼 꽃밭과 외벽을 둘러싼 덩굴식물이 시선을 분산시키며 초라함을 감추고 있었다. 높은 곳에 자리한 만큼 시내가 한눈에 내려다보여 경치는 좋았다.

내부는 생각보다 단정하고 아기자기하게 꾸며져 있었다. 벽면마다 가족이 함께 찍은 사진이 걸려 있어서 소우주의 어린 시절이 한눈에 들어왔다. 테이블 위에 먼지 한 톨 없는 것으로 보아 매일 정성껏 청소하는 듯 보였다. 소우주는 소파에 가방을 가지런히 놓아두더니 부엌에서 시원한 보리차를 가져왔다. 이런 대접을 받자고 여기 온 게 아니라고 말하면서도 걸어오느라고 더웠던 탓에 보리차를 단숨에 마셨다. 소우주가 창문을 열었다. 창가에 걸어 둔 풍경이 바람에 흔들렸다.

"고생했어. 거기 앉아서 좀 쉬고 있어. 증조할아버지 책 가져올게."

증조할아버지 책? 안전장치가 있어야 말할 수 있다고 하더니, 그걸 가지러 간 건가? 맑게 울리는 풍경 소리를 들으며 소파에 기대자 이상하게도 아늑한 기분이 들었다. 자투리 천을 이어 만든 소파 쿠션이 푹신해서 그런가 만져 보고 있는데 소우주가 돌아왔다. 손에는 저주 책이 들려 있었다.

"너도 이 책 가지고 있지?"

나는 자리에서 벌떡 일어났다. 내 것과 같은 저주 책이다. 소우주도 저주 책을 가지고 있다는 사실을 알게 되자 그간 왜 스티커를 떼어 낸 건지 단박에 파악이 되었다. 겨우 그것 때문에 이 고생을 시키며 집까지 불러들여? 책을 가리킨 손끝이 분노로 부들부들 떨렸다.

"너, 너…… 동종업자끼리 치사하게……."

"응? 무슨 말이야?"

영문을 모르겠다는 소우주의 되물음에 참았던 분노가 마침내 폭발했다. 나는 소리를 꽥 하고 질렀다.

"너도 저주 스티커를 만들고 있는 거잖아! 증조할아버지 책이라고 은근슬쩍 흘리는 걸 보니 저주 스티커 원조라고 우길 셈이야? 진짜 웃기네. 공정하게 경쟁하면서 각자 손님한테 팔면 되는 거지. 영역 싸움 하려고 내가 제작한 스티커를 떼어 내? 치사하다, 진짜."

소우주는 잠시 멍한 얼굴로 있더니 금세 여유를 되찾은 듯 우선 앉으라며 분위기를 진정시키려 했다. 나도 남의 집에서 씩씩대려니 급격히 민망해졌다. 아무래도 이런 부분을 노리고 집으로 오라고 한 듯했다. 내가 소파에 털썩 앉자 소우주가 벽에 걸린 액자 중 하나를 떼 왔다. 나는 사진을 보지 않으려고 고개를 홱 돌렸다.

"여기 계신 분이 우리 증조할아버지야. 이 책을 만든 분이셔."

"발뺌하려고 증조할아버지까지 들먹이는 거야?"

소우주가 고개를 갸웃하더니 책 뒷장을 펼쳤다. 거기에는 '소장한'이라는 발행인 낙관이 찍혀 있었다. 소우주 증조할아버지의 본명이란다.

"발행인 안 봤어?"

내가 가진 책에는 없는 페이지였다. 나는 저주 책을 빼앗듯이 가로채고는 발행인이 남긴 말을 읽어 보았다. 저주 그림마다 쓰여 있는 부정적인 에너지에 대해 설명하고 있었다. 내가 궁금해했던 대목이다.

발행인에 따르면 저주는 인간의 부정적인 감정에서 기인한다. 부정적인 감정이 저주로 발동되려면 근원이 될 힘이 필요하다. 저주를 일으키는 근원적 힘이 부정적인 감정 에너지였다. 즉, 다른 사람에 대한 원한과 증오, 미움, 시기, 경멸의 감정이 재앙으로 발산되는 게 저주이다. 여기까지는 어찌어찌 이해했는데 뒤에 이어진 내용에 그만 뜨악하고 말았다. 이 책이 가진 저주의 힘을 설명하며, 저주에 따르는 무시무시한 대가에 대해 쓰여 있었기 때문이다.

"그러니까 여기 쓰여 있는 말대로면 부정적인 에너지는 저주가 발동하면서 생기는 거고, 그 부정적인 에너지가 쌓이면 자연재해가 일어난다는 거네? 어떻게 그렇게 되는데?"

"저주가 발동되어 목적을 달성하고 나면 스티커가 떨어지잖아. 그 스티커가 어디로 간다고 생각해?"

갑자기 문제를 내다니, 내가 진짜 맞힐 거라고 보나? 이 중요한 상황에 소우주와 입씨름하고 싶은 생각은 없다. 얼른 답을 듣고 싶어서 머릿속에 떠오르는 대로 아무렇게나 대답했다.

"땅으로."

그런데 이게 의외로 정답이었다.

"맞아. 인간의 눈에는 보이지 않지만 저주 스티커는 떨어져서 땅으로 스며들어. 저주 스티커에 깃든 부정적인 에너지가 땅에 흡수되는 거지. 부정적인 에너지가 축적되다가 더 이상 땅이 품을 수 없을 정도가 되면 자연재해가 일어나는 거야. 작게는 진도가 낮은 지진이나 규모가 작은 해일이 일어나고, 크게는 산사태, 폭풍, 대형 산불, 진도가 큰 지진이 발생해."

정답을 맞혔으나 전혀 신나지 않았다. '이 저주를 행할 시 부정적인 에너지가 두 배 쌓입니다'라고 적힌 문구를 예로 들면, 그 저주에서 발생한 부정적인 에너지가 땅에 곱절로 쌓였다는 뜻이 되니까. 그렇다면 저주가 이뤄지는 순간 부정적인 에너지가 곧바로 폭발한다는 페이지의 저주는 자연재해가 곧장 일어난다는 의미가 된다. 생각할수록 오싹하다. 궁금증 하나가 풀리자 오히려 의문이 더 커졌다.

"저주하는데 왜 자연재해가 일어나는 거야? 부정적인 에너지가 쌓이는 거랑 자연이랑 무슨 상관이라고?"

"한 사람을 기준으로 보면 한 번 저주한 것뿐일 거야. 그런데 여러 사람이 행한 저주의 부정적인 에너지가 모이면 큰 덩어리가 되겠지. 작은 죄가 모여 큰 죄가 되는 거야. 죄에 대한 벌을 인간들이 나눠서 받는 거라고 보면 돼."

"그건 너무 부당하잖아. 저주를 건 사람도 결국 저주의 부작용을 받는데. 뭐, 저주를 한 사람들은 당해도 좋다 쳐. 근데 왜 저주하지 않은 사람들마저 다 같이 벌을 짊어지라는 거야?"

"신이 인간에게 내린 시험이야. 신은 단 한 명으로만 세상을 판단하지 않거든. 저주를 건 사람에게 죄 없는 사람들도 고통받을 수 있다는 사실을 미리 알려 주고, 그런데도 저주할지 선택지를 주었지. 그 선택의 결과가 자연재해로 오는 거야."

곰곰이 생각해 보니 나 역시 자연재해가 생기니 저주를 하지 않을 거냐고 묻는다면 확실히 대답하지는 못하겠다. 사실 남들의 불행 따위가 나와 무슨 상관이랴. 나한테 해가 없고 나만 잘 살면 되는 거지. 자연재해가 일어나는 게 안타깝기는 하나 내가 사는 지역만 아니면 된다. 내가 지금 겪지 않으면 그만이다. 그러니 기후 이변으로 자연재해가 빈번해진다는 경고를 받아도 함부로 자원을 낭비하며 자연 파괴에 앞장서는 거다.

그런데 방금 소우주가 신이라고 했지? 어떤 무자비한 신이 인간에게 이런 함정 같은 시험에 들게 하고 벌을 준다는 걸까. 내가 어떤 신이냐고 묻자 소우주가 어두운 표정으로 '저주의 신'이라고 대답했다.

"저주의 신이 저주 스티커를 만드는 방법을 증조할아버지에게 알려 줬어. 증조할아버지도 신의 이름까지는 몰랐다고 하시더라."

"어쩌다가 저주의 신을 만나게 된 건데?"

"우리 증조할아버지는 민화를 취급하는 일을 하셨다나 봐. 증조할아버지가 민속학자들과 함께 깊은 숲에 들어가신 적이 있대. 그러다 지도에도 없는 검고 큰 동굴을 발견하고 안으로 들어갔다고 해. 아무리 걸어도 길이 끝나지를 않았대. 지치면 쉬다가 다시 걸으며 다다른 막다른 곳에 금줄과 부적으로 둘러싸인 돌탑이 있었대. 심상치 않은 기운이 느껴졌지만 부적만으로는 돌탑의 정보를 알 수 없어서 돌탑을 밖으로 옮기기로 했대. 증조할아버지가 부적을 떼어 내고 돌탑을 들어 올렸더니 그 밑에 뭐가 있었는지 알아?"

소우주의 이야기에 푹 빠져 있던 탓에 나도 모르게 침을 삼키며 고개를 저었다. 소우주가 목소리를 내리깔았다.

"가면. 가면을 돌탑으로 누르고 있던 것처럼 보였대. 증조할아버지가 가면을 만지려는 순간 누가 망치로 여러 번 내려치기라도 한 듯이 잘게 부서졌다고 해. 부서질 때 연기가 피어났고 연기에 실려 날아가듯 가면 조각들도 슬며시 사라졌대. 그날 밤에 할아버지 꿈에 가면을 쓴 저주의 신이 나타났는데, 부적을 없애 자유를 되찾게 해 준 보답으로 저주 스티커를 제작하는 방법을 알려 주겠다고 했다나 봐."

증조할아버지는 승낙했다고 한다. 어차피 꿈이라고 가볍게 여겼을 거다. 승낙한 순간, 머릿속으로 저주 그림 문양과 저주의 주문이 마구 떠올랐단다. 증조할아버지는 저주 스티커를 팔아 막대한 재산을 축적하셨다고 한다. 스티커를 붙인 사람도 화를 입는다는 걸 알게 되었지만 이미 돈맛을 안 이상 제작을 멈출 수가 없었더란다. 그러던 어느 날 저주를 이룬 스티커가 땅에 쌓이며 자연재해가 일어난다는 사실을 깨달았다. 증조할아버지는 크게 충격을 받았다.

"증조할아버지가 저주를 생산하면서 부를 축적하는 대가로 저주의 신과 한 계약이 있었어. 바로 저주 스티커 제작을 멈추기로 마음먹었을 때 다른 사람에게 그 방법을 전수한다는 거지. 누군가에게 저주의 신을 소개하면 저주의 신이 꿈에 나타나 증조할아버지 때처럼 머릿속에 저주 스티커 제작 방법이 떠오르도록 하는 거야. 증조할아버지는 내키지 않으셨다나 봐. 한 사람을 지정해 당신이 그러했던 것처럼 욕심이나 고통을 주고 싶지 않으셨대. 하지만 계약은 계약이니까, 누군가에게 저주의 신을 소개하지 않는 대신 저주 스티커 제작 방법이 담긴 책을 남기시기로 하셨어. 책에는 저주의 신이 알려 주지 않은 폐해를 경고로 남겨 더는 저주 스티커가 세상을 어지럽히지 않길 바라셨다더라."

소우주의 증조할아버지가 남긴 저주 책은 할아버지가 물려받았고, 소우주네 가족은 다른 사람들이 저주 책을 볼 수 없도록 철저한 보안 아래 보관했다. 그러나 제작할 때 생긴 파본이 이미 몇 권 유출된 상태였다. 완성도를 높여 완벽하게 계약을 끊어 내려고 몇 번이나 새로 그렸기 때문이다.

나중에 돌이켜 보니 아마도 저주의 신이 부린 농간인 듯했다. 저주의 방법을 전수하는 방식을 마음대로 바꿔 버린 것을 마음에 들어 할 리 없으니까. 더욱이 저주의 폐해를 알리는 경고까지 멋대로 적었으니 저주의 신도 나름 꾀를 낸 것이리라. 몇 권이나 파본으로 유출된 것인지는 모른다. 파본은 흔적을 찾을 수 없이 사라졌다. 증조할아버지의 비밀을 안 누군가의 소행이거나 저주의 신이 끼어들어 누군가를 조종했을 것이다.

증조할아버지는 자신이 스티커 제작을 중단했다고 하더라도 파본이 사라진 이상, 세상에 저주 스티커가 떠돌 거라고 판단했다. 그래서 돌아가시기 전, 저주를 깨는 일을 가업으로 삼으라는 유언을 남겼다. '저주 스티커가 세상에서 사라질 때까지 단념하지 말고 책을 찾아 주렴.' 저주 스티커를 만들어 세상에 혼란을 준 증조할아버지의 유지를 받들어, 소우주네 집안은 대대로 스티커를 떼어 내 저주를 깨는 일을 해 왔단다. 내가 가지고 있는 책은 사라진 파본 가운데 하나였다.

저주를 실제로 일으키는 방법이 적힌 책인 만큼 심상치 않은 유래가 얽혀 있을 거라고 생각은 했지만 저주의 신이 직접적으로 얽혀 있다니, 좀 충격적이었다. 그러고 보니 내가 만든 저주 스티커의 양에는 한계가 있을 텐데, 거리에 지나다니는 사람들에게 그렇게 많은 스티커가 덕지덕지 붙었을 리 없었다. 다른 누군가도 저주 스티커를 만들고 있다고 보는 게 옳았다. 돈 벌고 싶은 유혹에 혹한 나처럼 다들 야무지게 저주 책을 활용하고 있는 모양이다. 그런데 어쩐지 가슴 깊숙한 곳에서 불안감이 스멀스멀 올라왔다.

"증조할아버지가 저주의 신과 한 계약은 그게 다야?"

풍경이 짜랑짜랑 소리를 내고 있는데도 소우주는 말이 없다.

'불안하게 왜 말이 없는 건데? 보리차 그만 마시고 어서 말을 하라고!'

소우주는 남의 속이 타는 줄도 모르고 보리차를 천천히 다 마신 뒤에야 입을 열었다.

"계약 사항은 세 가지였어. 스티커 제작을 중단하려면 다른 사람에게 제작 방법을 전수해야 한다는 것과, 저주 스티커를 제작한 뒤에 처음 한 번은 직접 스티커를 붙여야 한다는 것. 그래야만 다른 저주 스티커가 눈에 보이거든. 마지막은 제작자가 저주 스티커를 직접 두 번 붙이면, 그 즉시 저주의 신에게 붙들려 그의 노예가 된다는 거야."

가슴이 두근거리다 못해 울렁거렸다. 만약 테스트를 한답시고 한 번 더 스티커를 내 손으로 붙였더라면 나는 영문도 모른 채 어둠 속으로 끌려가서 영원히 저주의 신의 노예로 살았을지도 몰랐다. 회사의 노예로 사는 것과 저주의 신의 노예가 되는 것 사이에는 엄청나게 큰 차이가 있다. 나는 아까보다 더 크게 빽 하고 소리를 질렀다.

"그렇게 중요한 건 가장 눈에 잘 띄게, 아주 크게 책 앞장에 적어 뒀어야지!"

소우주가 귀를 막았다가 내 험악한 표정을 보곤 가만히 손을 뗐다. 그러고는 다른 아이들에게 했듯 고개를 숙여 사과했다.

"미안해. 근데 저주의 신과 한 계약이기 때문에 증조할아버지도 그 문구를 적을 수 없으셨나 봐. 아무리 책에 적으려고 해도 글자가 계속 사라졌대."

저주의 신이 문구를 지운 거라면 분명 계약이 있었을 터다. 노예가 필요했나? 저주 책 파본을 가지게 된 사람들은 계약 내용을 자세히 알 수 없었을 테니, 테스트나 복수를 위해 두 번째 스티커를 붙였다가 끌려간 사람이 꽤 있을 것이다. 그러니 책이 돌고 돌아서 엄마에게까지 흘러왔겠지. 저주의 신은 저주가 세상에 퍼지길 원했다. 그런데도 제작자에게 계약으로 핸디캡을 준 건 결국 노예가 필요했다는 의미가 된다. 노예에게 대체 어떤 일을 시키기에 저주의 신이 노예를 원한 걸까?

나는 난처해하는 소우주를 슬쩍 봤다. 아직도 궁금한 게 잔뜩인데 쓸데없이 주눅 들어 있다. 아마 음침한 아이라는 소문도 스티커를 떼려고 기회를 엿보는 행동 때문에 생긴 것 같았다.

"아까 저주 스티커를 제작한 뒤에 한 번은 직접 스티커를 붙여야만 다른 저주 스티커를 볼 수 있다고 했는데, 너희 집안도 똑같아? 아니면 증조할아버지 영향으로 가만히 있어도 대대로 스티커를 볼 수 있어?"

소우주가 한고비 넘겼다는 표정으로 슬쩍 미소 지었다.

"우리 집안 사람들도 똑같아. 저주를 깨려면 일단 스티커를 볼 줄 알아야 하니까 나도 저주 스티커를 만들었어."

"누구한테 붙였는데?"

"아빠. 나한테 붙이고 싶었는데, 아빠가 강하게 반대하셨어. 가장 가벼운 저주로 했어. 아빠는 괜찮다고 하시는데도 너무 찜찜하고 죄송하더라. 넌 어땠어? 그리는 것부터 힘들지 않았어? 우리 집은 경험이 있지만 넌 혼자 해결해야 했을 텐데."

저주 그림을 그리는 도구를 말하는 건가? 칠보 볼펜을 어떻게 설명해야 할지 몰라서 나는 보리차를 따라 마셨다. 말문이 막히면 자연스레 목이 타나 보다. 칠보 볼펜으로 쉽게 그렸다고 말해 봐야 질문만 늘어날 테니 관심을 돌릴 겸 다른 걸 물었다.

"스티커를 떼면 저주가 깨지는 거야?"

"대체로 그래. 접착력이 약한 저주 스티커는 떼어 내면 바로 저주가 깨지면서 멈춰. 접착력이 강한 스티커는 떼어 내도 강도만 낮아지고 저주는 일어나기도 한대. 강도가 약하긴 해도 바로 일어나니까 조심하라고 하셨어. 엄마 말로는 접착력 최상 저주는 떼는 것도 힘들대. 몸에 찰싹 달라붙는다나 봐. 난 아직 최상 스티커는 뗀 적 없어."

소우주는 학교에서 떼어 낸 스티커를 교복 주머니에서 꺼냈다.

"이건 접착력이 낮아서 떼는 게 어렵지 않았어. 떼어 낸 스티커를 어떻게 처리하는지 보여 주려고 집으로 오라고 한 거야."

소우주는 금줄이 걸린 방으로 나를 데려갔다. 방에는 부적이 붙은 작은 항아리 열두 개가 일렬로 늘어서 있었다. 스티커를 한 항아리에 넣고는 덮개를 꽉 닫았다. 그러고는 금줄로 덮개를 둘둘 둘러 두었다. 내가 무언가 말하려고 하자 일단 나가자고 제스처를 취한 소우주가 방을 살금살금 나왔다.

"말에 있는 부정적인 에너지에 스티커가 반응할까 봐 방에서는 되도록 대화하지 않아. 뭐 물어보려고 했어?"

"다른 항아리에도 스티커가 들어 있어?"

"부적이 붙은 항아리는 준비물 같은 거고, 스티커를 항아리에 넣으면 금줄로 표시하는 거야. 열두 개가 다 채워지면 절에서 불경을 외며 소각해."

이렇게 복잡한 절차를 거쳐 스티커를 없앤다니, 놀라웠다. 제작하다가 망친 스티커가 불쑥 떠올랐다. 설마 망친 스티커도 자연에 영향을 미치나 했는데 그건 아니란다. 저주는 상대에게 스티커를 붙이는 순간 발동할 준비에 들어가는 거라, 붙이지 않은 스티커는 잘 태우기만 해도 된다고 했다. 떼어 낸 스티커를 소각하기 전에 봉인하는 건 예방 차원이었다.

"너희 부모님도 저주를 깨는 일을 하시는 거야?"

"증조할아버지 유지니까 할아버지도, 할머니도, 아빠도, 엄마도 다 하시지."

할아버지와 할머니는 지방 쪽을 담당하신다. 부모님은 수도권을 맡고 있단다. 소우주도 고등학교를 졸업하면 본격적으로 저주를 깨는 일에 뛰어들 거란다. 내가 할 말은 아니지만 파본이 나돌고 누군가 지금도 저주 스티커를 만들고 있다면 온 집안이 스티커를 떼는 일에 달려들 만도 하다.

"대학은 안 가? 취업도 안 하고?"

"병행할 수 있는 일이 아니라서. 난 저주를 깨는 일만 할 거야. 우리 가족들도 다 그렇게 일해. 자연재해를 막는 일이 시급하고 절박하니까."

소우주네 가족은 증조할아버지 유산으로 생활비를 충당

하고 있다. 부유하다고는 할 수 없지만 부족한 건 없단다. 다만 큰 자연재해가 일어날 때마다 재산을 일부 헐어 기부하기 때문에, 아껴 쓰는 생활을 이어 가고 있다고 한다.

요약하자면 증조부가 축적한 막대한 재산으로 가업을 잇고 있다는 거다. 하지만 너희는 이미 부자잖아. 나도 너희처럼 일단 부자가 된 뒤에 좋은 일을 하면 안 되는 거야? 아니꼬운 감정이 입 밖으로 퉁명스럽게 빠져나왔다.

"너희 가족이 절박하다면 차라리 증조할아버지 유산으로 사람들을 써서 스티커 떼는 일을 시키면 되는 거 아니야? 사람이 많을수록 빠르게 처리되잖아. 파본도 전문가한테 찾도록 하는 게 더 합리적인 방법 같고."

"스티커를 떼는 일은 단순한 일 처리 개념과는 달라. 이건 정의감과 책임감이 있어야 놓지 않고 할 수 있는 일이야. 그걸 강요할 생각은 없으니까 우리 가족이 가업으로 이어 가는 거고."

"가업이니까 한다는 이유 말고, 너는 왜 저주를 깨려고 하는데?"

소우주가 마치 쉬운 문제를 풀고 있는 것처럼 말했다.

"이유는 간단해. 나는 어릴 적부터 따돌림을 당했어. 스티커를 보고 그걸 떼겠다고 모르는 사람에게 다가가면 아무래도 날 이상하게 보니까. 그때마다 나도 상처받아. 근데 그건 사람들이 날 잘 몰라서 그런 거잖아. 그것 때문에 세상 사람들을 무차별적으로 저주할 생각은 해 본 적 없어. 순간적인 감정으로 저주하는 건 옳지 않다고 생각해. 그런 실수를 바로잡기 위해 가업을 잇는 거야."

어릴 적부터 따돌림을 당했다는 말에 가슴에 찌릿한 통증이 느껴졌다. 얼마나 당했는데? 얼마나 외로웠는데? 얼마나 힘들었는데? 그걸 견딜 수 있었다면 별거 아니었던 거 아니야? 네가 뭔데 가해자를 이해하는 건데? 저주 스티커를 가해자들에게 붙일 생각은 나도 없다. 그러나 자신을 힘들게 만드는 사람을 용서할 수 없다는 기분마저 옳지 않다고 가볍게 치부할 생각도 없다.

"다 아는 척 굴지 마. 너도 결국 착한 척하는 거잖아."

내 말에 소우주의 눈썹이 미세하게 떨렸다. 마음 같아서는 더 퍼붓고 싶었다. 그러나 말을 더 보태지 않은 건 내가 정의에 불타올라 파본을 돌려주는 일은 없을 것이기 때문이다. 내게는 이득이 없는 일이다. 소우주네 증조할아버지처럼 부자가 될 기회가 있는데 왜 스티커 제작을 멈추겠는가. 그러니 소우주는 날 집으로 데려오면 안 됐다. 스티커 처리 방식을 보여 주려고 데려왔다는 말을 내가 믿을 줄 알았나? 내가 가진 책을 돌려달라고 할 수작이겠지.

"지금까지 사라진 파본을 두 권 찾았어."

이제 슬슬 스티커 제작을 하지 말라고, 파본을 돌려달라고 말하려나 보다. 내 대답은 이미 얼굴에 쓰여 있었다. 소우주가 지금까지처럼 조곤조곤한 말투로 본론으로 들어가려던 때 현관문이 열렸다. 때마침 소우주 부모님이 돌아왔다. 부모님이 환하게 웃으며 소우주를 차례로 안아 주었다. 가족 상봉을 얼떨떨하게 지켜보고 있는 나를 보고는 호기심 가득한 얼굴로 반겨 주었다.

"어머! 우리 우주 생일 축하해 주려고 친구가 와 있었구나. 친구가 온 줄 알았으면 저녁 재료 더 사 오는 건데."

생일이라는 말에 나는 소우주를 째려봤다. 생일날 날 집으로 데려오면 어쩌자는 건가. 억지로 축하라도 해 달라는 거야? 그것도 아니면 화목한 가족 틈에 끼어 눈치 보라고? 그나마 염치는 있는지 소우주가 얼른 수습에 나섰다.

"엄마, 시루는 지금까지 많이 축하해 줬어요. 일이 있어서 집에 일찍 가 봐야 한대요. 저녁은 못 먹을 것 같아요."

소우주 엄마가 "어머나, 아쉽네." 하더니 와 준 마음이 고맙다면서 텃밭에서 직접 기른 채소를 뽑아 와 한가득 싸 줬다. 이걸 나한테 다 주면 이 집은 뭘 먹고 사나 걱정될 만큼의

양이었다. 짐이 무거우니 태워 주겠다는 걸 거절했더니 소우주 아빠가 택시를 불러 주셨다.

택시가 올 때까지 이런저런 이야기를 나누며 파악한 바로는 두 분 다 종일 거리에서 스티커를 찾아 헤매다가 온 거였다. 현관에서 하도 절절하게 안고 인사를 나누기에 장기 출장이라도 갔다가 생일에 맞춰 돌아온 건 줄 알았는데 아침에도 같은 절차로 헤어졌단다. 집에 들어오고 나갈 때 얼싸안고 서로에게 인사하는 게 이 집에서는 일종의 규칙이었다.

두 분이 내게 한 질문도 예상을 벗어나 있었다. 어른들은 주로 내게 부모님은 무슨 일을 하시는지, 어느 동네 어느 아파트에 사는지 물었다. 그런데 소우주네 부모님은 내게 좋아하는 게 뭐냐고 물었다. 꿈이 뭐냐는 질문만큼 대답하기 어려웠다. 나는 뭘 좋아할까? 머릿속은 복잡하게 돌아가는데 아저씨와 아주머니가 대답을 기다리고 있어서 '돌멩이'라는 말이 툭 튀어나왔다. 얼핏 반항적으로 느껴질 만한 대답이었는데도 두 분은 개의치 않는 듯 어떤 돌멩이를 좋아하냐고 또 물었다. 검은 돌멩이라고 하는 것도 이상하다. 매끌매끌한 돌멩이라고 무난하게 답하고선 얼른 택시가 오길 바라며 창밖을 바라봤다.

취미가 돌멩이를 돌보는 거냐고 대화가 이어졌다. 취미

라기보다 돌멩이를 친구 삼아 돌보고 있다고 또 대답하고 말았다.
"돌멩이 친구에게 이름도 지어 줬겠구나. 이름이 뭐니?"
엄마에게도 듣지 못한 질문이라 당황했다. 우리 부모님은 내가 꼬마였을 때도 인형 이름을 물어본 적이 없다. 혹시 나를 모자란 아이라고 여겨서 수준을 맞춰 주고 있는 건 아니겠지? 슬쩍 걱정도 들었다. 그런데 두 분은 눈빛을 반짝이며 입가에 걸린 미소를 거두지 않고 있었다.
"'마요'라고 불러요."
"예쁜 이름이구나."
내가 칭찬을 들은 것도 아닌데 저절로 입꼬리가 올라갔다. 하마터면 마켓 스티커 주인장 이름을 '요마'라고 정한 것도 '마요'를 반대로 한 거라고 고백할 뻔했다. 그러는 와중에 택시가 왔다.
소우주네 가족이 문 앞에서 내게 손을 흔들어 주었다. 택시가 언덕을 내려갈 때 뒤를 돌아봤는데 여전히 손을 흔들고 있었다. 장바구니에 가득 담긴 채소가 발끝에 차였다. 문득 소우주에게 생일 축하한다고 말이나 해 줄걸 그랬다는 후회가 밀려왔다. 뭐, 내가 축하해 주지 않더라도 다정한 부모님과 즐겁게 보낼 것 같긴 하다만.

케이크 초를 불어서 끈 다음 내가 저주 책 파본을 가지고 있다고 말할까? 아저씨와 아주머니는 케이크 조각을 소우주 접시에 놓아 주다가 놀라시겠지. 학교에서 떼어 낸 스티커를 몇 번이나 가져왔을 테니 내가 한 짓들도 알게 되실 거다. 그런 생각을 하자 갑자기 기운이 빠지고 어깨가 축 내려갔다.

이상한 일이다. 왜 그들에게 실망을 안겨 줄까 봐 조바심이 나는 걸까? 자꾸 채소가 눈에 밟힌다. 아니다. 이건 그저 저주 스티커 제작이 나쁜 일이라는 걸 알고 있기 때문이다. 나쁜 일을 하다가 들켰으니 이런 감정을 느끼는 것도 당연하다. 그렇지만…… 누구나 돈을 벌고 싶잖아. 누구나 미워하는 사람이 있고.

나는 차창에 비친 내 얼굴을 바라봤다. 거기에는 입을 삐쭉하게 내민 평범한 고등학생이 있었다. 고등학교 1학년 장시루가. 그 모습에 겹쳐 어른거리는 요마가 나를 비웃고 있는 듯했다.

내 저주로 벌어진 일이 아니라고!

소우주는 내 친구인 척하며 매일 수업 전에 교실로 찾아왔다. 상냥한 말투로 내 마음의 빗장을 열려고 노력하는 게 눈에 다 보였다. 하는 말은 뻔했다. 파본을 자신에게 넘기면 증조할아버지가 편해지실 거라는 동정심 유발. 스티커를 제작하지 않는 게 자연재해가 일어나지 않도록 돕는 길이라는 어쭙잖은 설득. 가끔 스티커 판매처를 궁금해하기도 했다. 소우주도 다크웹에 대한 소문을 들은 모양이다. 그러나 시종일관 입을 꾹 닫고 있는 내게서 어떤 정보도 얻어 내지 못했다. 집에 한 번 간 걸로 마음이 흔들린다면 장시루가 아니다. 날 그리 호락호락한 사람이라고 여겼다면 소우주는 단단히 착각한 것이다.

그날 소우주 집에서 돌아온 뒤 나는 곧바로 저주 책을 살펴봤다. 아무리 뒤져 봐도 자연재해에 대한 경고가 담긴 페이지는 없었다. 대신 자세히 뜯어보니 책 뒷면에 아주 미세하게 종이가 뜯겨 나간 흔적이 있었다. 저주의 신이 벌인 농간인지, 이전 책 주인이 의도한 악의인지 모르겠으나 그 페이지가 없었기에 그동안 죄책감이 없기는 했다.

반대로 말하자면 저주의 부작용은 그런대로 받아들일 만했는데 자연재해가 일어난다고 하니 생각이 많아졌다는 뜻이다. 멸망하면 좋겠다고 얘기했지만 반쯤은 농담이었다. 게다가 이렇게 빠르게 일어난다고 하니 당황스러웠다. 인류가 멸종하고 동물만 살아남길 바랐는데 자연재해가 일어나면 동물까지 다치게 된다. 아직 부자가 되지도 않았는데 멸망 예비 버전을 경험하고 싶지도 않다. 소우주 앞에서는 여전히 스티커를 제작하고 있다는 뉘앙스를 풍기며 도발하고 있었지만, 아직 마켓 스티커는 판매 중지 상태다.

저주 스티커를 다시 판매할지 판단을 내리기 전에 조금 더 정보를 얻어 내려고 엄마에게 넌지시 말을 걸었던 일도 제작 중단에 영향을 미쳤다. 뜻밖의 사실 몇 가지를 알게 되었기 때문이다.

모처럼 일찍 집에 온 엄마와 저녁을 먹으며 소우주의 증조할아버지인 소장한을 아는지 물어보았다. 아무리 민속학자라도 두 세대 전 민화 취급자까지 알 턱이 없을 거라 생각했는데 뜻밖에도 엄마가 오므라이스를 먹던 숟가락을 식탁에 내려놓고선 눈을 가늘게 떴다.

"소장한 선생에 대해서는 갑자기 왜 물어?"

"학교 숙제야. 잊힌 옛날 인물 조사하기."

나는 미리 준비해 둔 핑계를 댔다. 숙제라는 말에 엄마는 의심의 눈초리를 거뒀다. 그나저나 선생이라고? 유명한 사람이었나? 내 의문은 곧 풀렸다. 소장한 선생은 업계에서 전설적인 인물이라며, 엄마가 풍문을 들려주었다.

"그 양반이 민화 쪽에서는 알아주는 고지식한 학자였던 모양이야. 눈이 날카로워서 수집가로 평판도 좋고 직접 그릴 정도로 실력도 뛰어났는데, 절대 타협하지 않는 황소고집에 괴팍하기까지 해서 민화를 판매하기로 해 놓고 구매자 수준이 떨어진다고 깽판도 자주 쳤나 봐. 가세가 기우니까 가족들이 몰래 수집품을 팔았다가 들켜서 소장한 선생이 역정을 내고 가출한 적도 있다더라. 가출 후에 돌아와서는 문도 걸어 잠근 채 몇 날 며칠 방에 틀어박혀 그림을 그리더니 벼락부자가 됐대. 그때 묘한 소문이 돌았는데, 저주를 팔았다고 해."

저주를 팔았다는 대목에서 오므라이스가 목에 걸려 캑캑대며 물을 마셨다. 저주에 대해 구체적이고 정확한 소문이 이미 퍼져 있다는 사실이 기막혔다. 가출했다고 알려진 일은 아마도 동굴 조사에 말없이 참여하며 와전된 소문인 것 같았다.

"왜 그래? 뭔가 찔리는 사람처럼."

이 정도로 잘 알고 있다면 엄마가 저주 책을 보고 소장한 선생에 관해 미리 알아본 게 아닌가 싶었다. 내가 계속 물어보면 그러고 보니 저주 책은 어디 있냐며 따지고 들지도 모른다. 요즘은 말하고 나서 후회하는 일이 일상 같다. 허나 이왕 엎질러진 물, 나는 아예 정면 돌파를 시도하기로 했다.

"저주라니까 깜짝 놀라서 그렇지. 저주를 파는 게 말이 돼? 소장한이 무당이었어?"

엄마가 내 이마를 숟가락으로 톡 때렸다.

"소장한 선생이 네 친구야?"

소우주의 증조할아버지인 만큼 나도 반말은 하고 싶지 않았다. 하지만 이건 엄마의 관심사를 돌리기 위한 작전 중 하나였고 먹힌 듯했다. 내가 이마를 문지르며 잘못했다고 하자 엄마가 그제야 엄한 표정을 풀었다.

"민속학 쪽에서는 저주와 관련된 물건이나 행위들이 많아. 이전에도 엄마가 설명해 줬잖아. 칠보 볼펜. 그것도 저주에 쓰는 물건이야."

이번에야말로 진짜 너무 놀라서 숨소리조차 나오지 않았

다. 칠보 볼펜에도 기분 나쁜 배경이 있을 거라고 여기긴 했으나 하필 저주 용품이라니! 더 부자연스럽게 행동하면 엄마의 예리한 레이더에 포착될 것 같아서 나는 짐짓 모르겠다는 태도를 취했다.

"칠보 볼펜? 그게 뭔데? 빨간색으로 이름을 쓰면 죽는 저주 같은 거야?"

"애들은 순진해서 좋네. 빨간색으로 이름을 쓴다고 죽으면 세상 사람 절반은 죽었겠다."

"그게 아니면 뭔데?"

"칠보 볼펜은 피가 계속 나오는 볼펜이라고들 하는데 진짜 피인지는 과학적인 증명이 필요해. 전해지기론 저주를 관장하는 신이 만들었다고 해. 그래서 볼펜 겉에 저주의 신이 쓰고 있는 가면이 그려져 있어. 볼펜을 이용해 사람의 목숨을 대가로 얻으면 가면 표정이 웃는 얼굴로 바뀐다는 전설이 있지."

서랍 속에 있는 칠보 볼펜 가면의 화난 얼굴이 떠올라 등골에 소름이 돋았다. 아직 목숨을 빼앗는 저주 스티커를 만들지 않아서 가면이 시옷 자 입매를 유지한 거라면 언젠가 날 조종해 웃으려 할지도 모른다. 생각만 해도 어질어질하다. 다시 궤짝에 되돌려 놓고 단단한 자물쇠로 채워 두고 싶다. 스티커를 만들 수가 없다는 게 문제이긴 하지만.

그런데 가만히 생각해 보자 의아함이 남는다. 소장한 선생은 그 많은 스티커를 어떤 도구로 그린 걸까? 저주를 더 많이, 빠르게 만들라고 저주의 신이 칠보 볼펜을 준 게 아닐까? 이 대답을 아는 사람은 현재 우리 엄마뿐이다.

"피 나오는 펜 이야기 들었던 것 같기도 해. 근데 저주의 신이 진짜 있어? 아무리 민속학이라고 해도 너무 비현실적인 소재잖아. 소장한 선생님 일화도 괴담 같고."

"소원을 들어달라고 빌면 신이 들어준다고 하잖아. 소원을 들어주는 신만 있겠어? 저주의 신은 서양에서 전해지는 죽음의 신이나 전쟁의 신 같은 존재인 거지. 우리나라에도 다양한 신이 존재하니까. 소장한 선생도 저주의 신으로부터 사주를 받아 저주를 팔았다고는 해."

"어떤 저주를?"

나는 침을 꼴깍 넘기며 긴장한 채 물었다. 엄마의 눈동자가 타오르는 듯 빛났다.

"저주 스티커."

민속학자인 엄마는 소장한 선생의 일화에 얽힌 저주 스티커가 실제 존재한다는 걸 조사로 확인했을 것이다. 저주 스티커를 연구하기 위해 칠보 볼펜과 저주 책을 찾아낸 걸 보면.

연구에 몰두하는 엄마라면 이미 칠보 볼펜과 저주 책이 궤짝에서 내 손으로 옮겨졌다는 것도 파악하고 있을 터다. 이 대화로 호랑이 입안에 내 머리를 스스로 들이밀고 말았다.

나는 숟가락을 내려놓고 엄마의 지갑에 손댄 아이처럼 반성한다는 눈빛을 장착한 채 처분을 기다렸다.

"어머, 너 지금 떠는 거야? 공부 머리는 아직 안 트였지만 역시 내 딸이라 분석력은 좋네. 지난번에 말해 준 저주 책이랑 칠보 볼펜을 연결한 거지? 두 개 다 우리 집에 있다고 걱정할 필요는 없어. 불길한 물건이기는 하지만 너한테는 수호 돌멩이가 있잖아. 다른 사람은 몰라도 수호 돌멩이가 너는 지켜 줄 거야."

이야기가 엉뚱하게 흘러갔다. 갑자기 수호 돌멩이라니? 맥락상 내 친구인 마요를 말하는 것 같았다. 그런데 마요가 날 보호해 준다고?

"내 돌멩이가 무슨 힘으로? 아니, 내 돌멩이가 왜? 어째서? 어떻게?"

엄마가 그럼 그렇지, 하는 얼굴로 한숨을 푹 쉬었다.

"우선 정확하게 짚고 넘어가자면 엄마한테 말도 없이 방에 가져다 둔 돌멩이는 네 소유가 아니라 내 돌멩이고. 처음에 보여 주면서 액운을 막아 주는 정령이 깃들어 있다고 설명했잖아. 그래서 방에 둔 거 아니었어?"

정령이 깃들었다는 말이 무의식에 남아 궤짝에서 가져왔을지는 모르지만 그런 설명을 들은 기억이 전혀 없었다. 무관심한 엄마가 내 방에 돌멩이가 있는 것도 모른다고 생각했지, 사실 모른 체하고 있었다는 것도 눈치 못 챘으니까.

"잘 보관해. 귀한 거니까."

엄마는 마요를 돌려달라고 하지 않았다. 칠보 볼펜이나 저주 책이 사라졌다는 것도 언급하지 않았다. 언젠가는 들킬 일이겠지만, 일단 불호령이 떨어질 때까지 가지고 있기로 했다. 조만간 나도 스티커 제작에 관해서 입장을 정리할 테니까.

다음 날 학교에서 소우주가 교실로 찾아온 김에 복도로 데리고 나가 칠보 볼펜에 관해 물어봤다. 소장한 선생이 칠보 볼펜을 소유했던 게 맞았다. 소우주는 증조할아버지가 칠보 볼펜을 비밀 장소에 숨겨 두었다고 했다. 저주를 깨라는 유지를 전했으나 견물생심이라고 저주 책과 칠보 볼펜을 동시에 가지고 있으면 사람인 이상 마음이 동할 수 있다고 내다봤단다. 그러나 숨긴 곳을 누군가 또 찾아냈으니 칠보 볼펜이 세상에 나왔을 것이다.

"근데 네가 칠보 볼펜을 어떻게 알아?"

"우리 엄마가 민속학자거든. 너희 증조할아버지에 관해 여쭤봤더니 아시더라고. 업계에서도 너희 증조할아버지가 저주 스티커를 팔았다는 소문이 자자했던 모양인데 칠보 볼펜을 정확히 어디에 숨겨 둔 건지 너희 집도 모르는 거지?"

"저주 책도 엄마 통해서 얻은 거야?"

어쭈. 내 미끼는 물지 않고 소우주가 오히려 나한테 미끼를 던졌다. 보기보다 둔하지는 않은 듯하다. 하지만 내가 여기서 인정하면 엄마를 빌미로 파본을 돌려받으려 들 것이 그려진다. 나는 말을 돌렸다.

"저주를 팔아서 벼락부자가 되었다는 소문을 확인하려는 사람들이 많았을 거 아냐. 파본이 사라졌다면 주변에서 저주 책에 관해 알고 있었던 거 아냐?"

소우주가 졌다는 듯 생긋 웃었다.

"증조할아버지가 살던 시대에는 스티커라는 개념이 없었으니 그저 저주를 팔았다는 소문만 났다나 봐. 증조할아버지는 저주의 신을 통해 스티커의 개념을 들었을 테지만, 그저 종이에 저주가 깃들어 다른 사람에게 붙는 거라고 생각하셨겠지. 돌아가시기 직전까지 가족에게도 철저하게 스티커의 존재를 감추셨대. 물론 할아버지는 소문을 들어 짐작하셨다는데, 증조할아버지가 돌아가실 때 말리지 못한 걸 여전히 후회하고 계셔.

그때 일 때문인지 할아버지는 주로 파본의 행방을 쫓는 일을 하셔. 당시에 부린 하인이나 드나들던 손님 중 책을 얼핏 본 사람이 있었을 테니까. 그들이 증조할아버지가 하는 일을 추측해 내는 건 어려운 일도 아니었을 테지."

두 권의 파본을 찾았지만 여전히 찾는 중이라는 뜻이다. 뿌리부터 시작해 줄기를 거슬러 가고 있으나 아직 파본이 몇 권인지조차 모른다. 다크로드 같은 마켓이 있던 시대도 아니니 아무리 몰래 구매하려고 해도 신분이 노출되고 소문은 퍼졌을 거다. 저주를 이루고 나면 구매자가 자신의 신분을 감추려고 소장한 선생의 목숨을 위협하는 상황이 수도 없이 많았으리라.

"너희 증조할아버지는 어떻게 돌아가셨어?"

소우주가 어깨를 움찔했다.

"증조할아버지는……."

그때 수업 종이 울렸다. 다음에 얘기해 달라고 말한 뒤 교실로 들어가려는데 소우주가 뒤에서 불렀다. 돌아보니 포장지로 곱게 싼 작은 상자를 내밀었다.

"엄마가 직접 만든 비스킷인데 가져다주래."

"왜?"

"맛있으니까."

그걸 물은 게 아니잖아? 핀잔을 주려고 했으나 작은 상자가 따뜻해서 넘어가기로 했다. 소우주가 손을 흔들며 옆 반으로 들어갔다. 집에 돌아와서 맛본 비스킷은 소우주 말대로 맛있었다. 저주 스티커를 떼러 다니는 아주머니 모습이 문득 그려진 건 비스킷이 맛있기 때문일까. 스티커를 떼려면 분명 소우주처럼 이런저런 오해를 받을 것이다. 괴로운 일일 텐데. 내가 저주 스티커를 만들고 있는 걸 알면서 어떻게 내게 비스킷을 나눠 줄 수 있는 걸까? 내가 밉지 않은 걸까?

나는 컴퓨터 화면을 흘깃 보았다. 마켓 스티커 채팅창에는 읽지 않은 메시지가 쌓여 있었다. 공지를 올려 두었는데도 채팅창에는 언제 다시 판매를 시작하는지 문의가 끊이지 않고 올라왔다. 메시지가 한 시간마다 자동으로 삭제되는 걸 감안하면 매일 더 많은 메시지가 남겨졌다 사라진다. 저들은 나의 손님이자, 나의 돈줄이자, 그리고 자연에 재앙을 내릴 불씨들이다.

철제 금고에서 저주 책을 꺼냈다. 책 밑에는 엄마 몰래 내 명의로 만든 체크 카드가 놓여 있었다. 저축해 둔 돈은 인생의 단맛일 것이다. 좋은 대학에 입학할 일이 없는 내게, 아니

좋은 대학에 간다고 해도 많은 돈을 줄 회사에 입사하지 못할 것 같은 내게, 아니 어쩌면 회사가 주는 돈만으로 만족할 수 없는 나의 인생을 달게 만들어 줄 하나의 수단이다. 그렇지만…… 비스킷의 단맛이 혀에 남아 있었다.

자정이 넘은 한밤중에 서재로 들어갔다. 고민은 끝났다. 궤짝을 열고 저주 책을 맨 밑바닥에 넣어 두었다. 다른 궤짝에는 칠보 볼펜을 살며시 내려놨다. 내가 저주 스티커를 만들어 세상에 멸망이 와도 상관없다. 저주가 억울한 사람을 구할 아이템이 아니라고 해도 관심 없다.

그렇지만 멸망이 자연재해로 오지는 않았으면 좋겠다. 지구가 열심히 만들어 놓은 자연이 망가지는 모습을 보고 싶지 않다. 재해에 휩쓸려 목숨을 잃는 사람들과 도망가지도 못하는 동물들을 보고 싶지 않다. 그들을 돕지 못해 발을 동동거리는 소우주 가족은 더더욱 보고 싶지도 않다. 그게 저주 스티커를 포기하는 이유다. 인생에는 단맛만 있는 건 아니니까. 쓴맛도, 짠맛도 맛봐야 소위 성장이라는 걸 할 수 있겠지. 쓰고 짠 맛에 눈물, 콧물 다 흘리고 나면 단맛이 될 무언가가 또 나타날지도 모르고.

또 다른 이유는 엄마랑 아빠에게 들키기 전에 제자리를

찾기로 한 거다. 들키면 잔소리 폭탄이 떨어지고도 남는다. 아무리 감언이설로 설득해도 엄마의 연구를 방해할 수 없고, 이미 멸망을 부추겨 놓고선 환경 보호 기금을 운운하는 것도 아빠에게 먹힐 리 없다. 그건 내가 자기 무덤을 파는 거랑은 차원이 다른 개념이지, 아무렴.

저주 스티커를 만들지 않기로 결심한 뒤 오랜만에 잠을 푹 잤다. 너무 푹 잔 나머지 학교에 지각했다. 이제 스티커를 판매하지 않겠다며 소우주에게 뻐기려고 했는데 1교시가 시작한 뒤 도착한 탓에 얼굴도 보지 못했다. 쉬는 시간에 옆 반에 가 보았으나 소우주는 이미 나간 뒤였다. 아마도 다른 층을 어슬렁거리며 스티커를 떼려고 분투하고 있을 것이다. 사실 내가 먼저 찾아 나선 상황에서 소식을 전하는 건 좀 멋이 없다. 소우주가 찾아왔을 때 무심하게 흘리듯 전하는 게 훨씬 더 멋져 보일 것 같았다. 나는 여유를 가지고 소우주가 제 발로 찾아오길 기다리기로 했다.

그러다 점심시간 직후에 그 일이 터졌다. 2학년 선배가 학교 옥상에서 뛰어내린 것이다. 학교가 발칵 뒤집히며 긴급 휴교에 들어갔다. 휴교는 이틀날까지 이어졌다. 선배는 혼수상태였고, 학교 안전시설을 재정비할 필요가 있다는 이유에서다. 다시 등교했을 때는 이상한 소문이 돌고 있었다.

선배의 이름은 최정진. 최정진 선배는 옥상에서 뛰어내리기 전 체육 선생님과 단둘이 상담을 했다고 한다. 최정진 선배가 1학년 때 담임이었던 체육 선생님을 유독 따랐다고 하니 상담한 것 자체는 자연스러운 일이다. 다만 외모도 준수하고 공부도 잘하며 심지어 성격도 좋아 교우 관계도 훌륭한 학생이 어떤 이유로 상담을 받아야 했는지, 상담실에서 무슨 말을 나누었는지, 상담을 받은 직후 왜 옥상에서 뛰어내리는 선택을 했는지 의문이었다.

혼수상태인 당사자에게 물을 수는 없는 일이었다. 원인을 모르면 소문은 부풀려진다. 다양한 추측들이 소문으로 돌아 알고 싶지 않아도 계속 귀에 들렸다. 투신의 원인을 추측하는 입들이 가벼워 소문에 믿음이 가지 않았다.

경찰 조사가 시작되었지만 체육 선생님은 직위 해제 처분을 받지 않았다. 학생들과 분리 조치하지 않은 이례적인 상황이라 체육 선생님이 금수저이고, 교장 선생님조차 건드릴 수 없다는 말이 함께 돌았다. 충격받은 아이들의 트라우마 관리를 목적으로 상담과 단속이 강화되었다. 분위기가 주는 위압감 때문에 학교에는 긴장감이 감돌았다. 사람은 이럴 때 감정이 격해지고 실수를 저지르기 마련이다.

소우주와 며칠 만에 마주쳤을 때 나 역시 예민했을지도

모른다. 아니, 소우주가 더 그랬을지도. 나는 마켓 스티커에 폐쇄 예고 공지를 업로드했다는 사실을 자랑하려고 안달이 나 있던 터라 소우주의 표정을 제대로 볼 정신이 없었다. 자랑하려고 입을 막 떼었을 때 뜻밖에도 소우주가 먼저 내 마음을 할퀴었다.

"시루야, 최정진 선배님에 대해 할 말 없어?"

처음에는 이 말의 속뜻을 이해하지 못해 어벙하게 대응했다.

"어? 무슨 말? 내가 뭔 말을 해야 하는 타이밍이야?"

소우주가 실망한 표정을 지었다. 그제야 최정진 선배의 투신에 대해 떠돌고 있는 소문 가운데 저주를 받아 죽을 뻔했다는 내용도 있었던 게 기억났다. 한때 내가 만든 저주 스티커가 학교에 유행했다는 건 인정한다. 한도윤이 그랬듯 저주를 당한 아이들이 자신의 경험담을 공유했고, 그 과정에서 최정진 선배가 저주 때문에 투신했을 가능성이 나왔던 것도 안다.

최정진 선배의 투신이 저주일 거라는 소문을 듣자마자 혹여 내가 정신을 교란하거나 위험한 행동을 하도록 부추기는 스티커를 제작했을까 봐 장부도 세세히 살펴보았다. 적어도 내가 아는 범위 안에서는 최정진 선배의 행동과 연관된 저주 스티커를 제작하지 않았다. 장담할 수 있었다.

"지금 최정진 선배를 옥상에서 뛰어내리게 하는 저주 스티커를 만들었냐고 묻는 거야? 그렇다면 아니야. 나는 그런 스티커를 만들지 않아."

"네가 판 저주 스티커가 한두 개가 아니잖아. 그렇게 쉽게 말하지 말고 한번 잘 생각해 봐. 너는 의도하지 않았더라도 결과가....... 결과적으로 그렇게 되었을 수도 있잖아."

소우주가 날 의심하고 있었다. 그래서 최정진 선배의 일 이후 우리 반으로 찾아오지 않은 것이다. 바보같이 그걸 이제야 깨닫다니.

"날 의심해서 피해 다닌 거야? 의심하기 전에 먼저 묻지 그랬어? 그럼 내가 아니라고 확실하게 말해 줬을 텐데."

"피한 거 아니야. 최정진 선배가 옥상에 올라가기 전에 어떤 상태였는지 알아보는 데 시간이 걸렸어."

"어땠는데?"

"......넋이 나가 있었대. 눈도 풀린 것 같았고."

한도윤에게 저주 스티커가 붙었을 때와 같았다. 소우주는 저주 스티커 때문에 최정진 선배가 투신했다고 결론을 내렸다. 내가 아니라고 말하는데 믿어 주지 않는 것도, 지금까지 학교에서 발견된 스티커는 모두 내가 만들었기 때문이다. 소우주가 시선을 피했다. 미움받고 싶지 않다. 어째서 이 순간에 그런 마음이 드는지 모르겠다. 단지 일주일쯤 아침에 대화를 나눈 것뿐인데. 그새 정이 든 걸까? 내 마음을 나도 이해하지 못하겠다. 그런데도 미움받을 거라는 생각이 드니까 내 입에서 저절로 거짓말이 흘러나왔다.

"내가 판 저주 스티커는 몇 개 되지도 않아. 열몇 개 정도? 그걸 내가 모를 것 같아? 내가 판매한 건 전부 다 파악하고 있어."

"시루야. 내가 학교에서 뗀 스티커만도 그 수는 훨씬 넘어."

지금까지 판 저주 스티커가 머릿속을 줄줄이 스쳐 지나갔다. 열몇 개밖에 안 된다고 당당히 거짓말했지만, 솔직히 말하면 수십 개는 팔아치웠다. 점점 판매가 많아져서 장부를 보지 않으면 하나하나 자세히 기억도 나지 않았다. 그래서 최정진 선배 일 이후 장부도 세심하게 다시 들여다본 거다. 그러니 만에 하나 정말 저주 스티커가 발동해 최정진 선배가 옥상에서 뛰어내린 거라고 하더라도 내 저주로 그런 게 아니다. 모두 못 믿어 준대도 적어도 소우주는 믿어 줘야 한다.

"내가 만든 거 아니야."

소우주가 작게 한숨을 내쉬었다. 한숨이 내 가슴을 아프게 찔렀다.

"너한테 기회를 주고 싶어서 스티커 판매처도 꼬치꼬치 캐묻지 않았어. 네가 스스로 포기하도록. 그런데 내가 잘못 생각한 거였어. 네가 제작자라는 걸 알았을 때 강제로 저주책을 빼앗았어야 했어. 그렇다면 이런 일도 없었겠지. 너무 후회돼."

내가 아니라잖아! 가슴속에서는 비명이 터지고 있었다. 그런데 입에서는 멋대로 웃음이 터져 나왔다. 내 비웃음에 소우주가 미간을 찌푸렸다.

"왜 그렇게 웃어? 변명이라도 해야 하는 거 아니야?"

어차피 내가 아무리 변명해도 결국 믿어 주지 않을 텐데, 뭐 하러? 괜히 사람을 믿었다. 아니, 믿을 수 있을 거라고 생각했다. 이래서 사람과 관계 맺는 게 싫은 거다. 내 마음만 다칠 테니까.

"너도 되게 시시하구나. 네 입장만 생각하고. 내가 제작자인 게 그렇게 못마땅해? 내가 왜 스티커를 만들기 시작했는지 너는 모르잖아. 물은 적도 없잖아. 근데 네가 뭔데 나한테 기회를 준다는 거야?"

늘 사람 좋은 미소를 짓고 있던 소우주에게서 미소가 지워졌다. 저 아이의 고요한 내면에도 파도가 칠까? 소우주가 후회로 요동치게 만들고 싶었다.

"변명하라고 했지? 변명은 아니고 친절하게 스티커를 왜 만드는지만 알려 줄게. 내가 사람을 저주하는 게 아니라, 세상이 먼저 날 저주한 거야. 그래서 그냥, 되돌려준 것뿐이야. 아주 조그맣게."

후회하는 표정으로 바뀐 소우주를 지나쳐 건물 밖으로 나왔다. 햇살이 눈부셨다. 체육복을 입은 아이들 사이를 비집고 운동장을 가로질렀다. 교문을 나설 때도 나는 오로지 한 가지 생각만 하고 있었다. 지금 이 순간, 세상에 멸망이 닥치기를 바랐다.

경고 신호

마켓 스티커를 재오픈했다.

그동안 괜히 마음이 흔들려 스티커를 판매하지 않은 탓에 손해가 막심했다. 재오픈을 공지하자마자 손님들이 기다렸다는 듯 주문을 했다. 몇몇이 재오픈한 것을 두고 돈맛이 그리워 돌아왔다고 조롱했으나 차단하면 그만이었다.

어쩌다 학교에서 소우주와 마주치면 찬바람을 일으키며 쌩하니 지나쳐 갔다. 사람 마음이라는 게 이상하다. 미움받고 싶지 않다는 마음이 내가 더 철저하게 미워할 거라는 마음으로 단숨에 변했으니까. 그러니 오락가락하는 마음을 주체하지 못하고 저주도 하는 거겠지. 그래도 소우주 덕에 저주 스티커의 기원을 알게 되어 스티커를 내 손으로 두 번 붙일 일은 없을 테니 미움은 그 정도로만 남겨 두기로 했다.

낮에는 장시루가, 밤에는 요마가 되어 바쁜 나날을 보냈다. 재오픈하고 나니 이전과 달리 손님들과 채팅하는 것이 지루해졌다. 처음 마켓을 열었을 때는 상담을 통해 각자의 사연을 파악하고 그에 맞는 저주 방법과 강도를 정하자는 각오가 분명히 있었다. 그 과정에서 공감한 사연도 있고, 겨우 이 정도 일로 저주한다는 게 황당했던 적도 있다. 그러나 그게 다 무슨 소용이랴. 저주하려는 마음을 이해하려고 했다니. 돌이켜 보면 내 태도가 그저 웃기다. 저주를 팔면서 너무 인간적이었다.

장부 내용이 늘어나는 만큼 많은 사연을 접하다 보니 이제는 다 비슷한 처지로 보였다. 모두 자신만 억울하다고 말하지만 실은 그저 남을 미워하고 싶을 뿐이다. 그러니 더는 상담할 필요성도 느끼지 못했다.

그래서 나도 다른 마켓들처럼 양식대로 체크만 하면 간편하게 저주를 구매할 수 있도록 설정을 바꾸기로 했다. 가격은 접착력에 따라서 매겼다. 요즘에는 체크 문항을 작성하는 데 열중하고 있다.

오전 내내 졸았는데도 졸리다. 하품하며 급식실로 이동하는데 소우주가 내 옆에 서서 보조를 맞춰 걸었다. 나는 불편하다는 걸 표정에 있는 대로 드러냈다. 몇 걸음 더 같이 걷다 보면 점심이 엃힐 것 같아 자리에 우뚝 멈춰 섰다. 소우주도 멈춰 서는 통에 뒤따라오던 아이들이 흘겨보며 우리 주위를 피해 걸어갔다.

"시루야, 잠깐 얘기 좀 할 수 있을까?"

"아니."

아이들이 우리를 흘깃 보고 지나가는 것도 거슬렸다. 보나 마나 소우주와 나에 대해 소문을 내려고 시나리오를 쓰고 있을 거다. 내가 다시 걷기 시작하자 소우주가 몇 걸음 뒤처졌다가 다시 옆에 섰다.

"나한테 화난 거 알아. 사과할 기회를 얻고 싶어."

"사과할 필요 없어. 피차 서로 못 믿은 것뿐이야."

"……미안해."

점심을 맛있게 먹기는 글렀다. 나는 급식실 앞에서 방향을 틀어 주차장으로 이동했다. 비가 내리고 있었다. 처마 밑에서 돌아보니 소우주가 허둥대며 손에 들고 있던 걸 등 뒤로 감췄다.

"미안하다는 말 말고, 진짜 하고 싶은 말이 뭐야?"

소우주가 우물쭈물하다 손가락 크기만 한 각이 잘 잡힌 야구 모자를 꺼냈다.

"아빠가 전해 주래. 네가 전에 마요를 돌보고 있다고 했잖아. 그때부터 계속 조금씩 작업하셨는데 어제 드디어 완성하셨어."

'그때부터 계속'이라는 말이 가슴에 무겁게 내려앉았다. 시간을 들여 일부러 만든 선물을 마다하는 것도 예의가 아니라 일단 받았다. 그제야 소우주가 잔뜩 긴장한 어깨를 내려뜨렸다. 하지만 나는 선물 받았다고 마음이 홀랑 바뀌는 사람이 아니다. 오히려 의구심이 들었다. 왜 내게 선물을 주는 걸까? 소우주가 스스로 파본을 되돌려주기를 바랐다면서 내게 기회를 주려고 했던 것처럼 소우주 부모님도 정성 어린 선물로 내게 기회를 주고 있는 걸까? 기회를 주는 걸 내가 고맙게 여길 거라 생각하는 걸까? 마음이 꼬였다는 건 알지만 부정적인 생각이 걷잡을 수 없이 머릿속으로 밀려들고 있었다. 아마도 부정적인 생각이 부정적인 에너지가 된다면 내 머릿속을 들여다보는 것만으로도 지구 종말이 올 것이다.

"부정적인 에너지가 쌓이면 자연재해가 일어난다고 했었지? 재해가 발생하기 전에 전조 증상이 있어?"

평소에 궁금했던 걸 생각난 김에 물은 것뿐인데 소우주는 화해의 실마리를 잡은 듯 재빠르고 다정하게 대답했다.

"자연에서 경고 신호를 보내. 집안 대대로 내려오는 지식에 의하면 개미가 줄지어 이동하기도 하고 구름 모양이 물결이나 산 형태로 솟아나기도 해. 가령 오늘처럼 습한 비바람이……."

"그만. 대충 알아들었어. 이제 점심 먹으러 가 봐야겠다. 선물 감사하다고 전해 드려. 근데 이제 선물은 그만 가지고 와. 부담되니까."

시무룩해진 소우주 앞에서 등을 휙 돌렸다. 등 뒤에서 소우주가 다급하게 외쳤다.

"저기, 칠보 볼펜 어디에 숨겼는지 궁금하다고 했잖아. 할아버지께 전화로 여쭤봤거든. 증조할아버지가 돌아가시기 전에 한 사찰에 감추셨대. 근데 그 사찰이 안타깝게도 산불로 다 타 버려서 그때 칠보 볼펜도 사라졌대. 아마도 불에 타지 않았을까 싶어."

나는 몸을 돌리고는 무표정한 얼굴로 소우주를 바라봤다. 이 말을 하면 소우주가 어떤 식으로 반응할지 가늠이 되었지만 하지 않을 수 없었다. 나는 여전히 소우주가 미웠고 그 마음을 소우주가 알기를 바랐으니까.

"칠보 볼펜 불에 안 탔어."

"어? 왜?"

"왜인지는 나도 몰라."

"아니, 내 말은 칠보 볼펜이 불에 타지 않은 걸 어떻게 확신하는지 궁금해서."

"내가 가지고 있으니까. 그동안 저주 스티커 만들 때 칠보 볼펜으로 저주 그림 그린 거야. 나는 너희 집처럼 노하우가 없으니까 칠보 볼펜이라도 써야지. 그래야 스티커를 잘 만들지."

소우주의 포커페이스가 무너졌다. 그때까지 본 적 없는 싸늘함이 소우주에게 감돌았다. 최정진 선배에 관해 물을 때에도 눈빛 속에 남겨 두었던 상냥함이 사라지자 내가 모르는 아이가 앞에 서 있는 듯했다.

"여태껏 네가 칠보 볼펜을 가지고 있었으면서 속인 거네. 근데 왜 나한테 행방을 물었던 거야?"

"그래서 아까 말했잖아. 서로 못 믿은 것뿐이라고. 나도 널 믿지 않아. 칠보 볼펜에 대해 말해 줄 의리도 없고."

"의리? 그래, 우리 사이에 의리는 없다고 여겨도 돼. 그럼 사람으로서의 도리는? 세상이 널 먼저 저주해서 돌려주는 거라고 했지? 네가 받은 상처를 난 몰라. 그래서 미안했어. 근데 이제 보니 넌 그저 돈 벌려고 스티커를 만든 거네."

"나에 대해 뭘 안다고 함부로 지껄여?"

"애들한테 스티커 값으로 30만 원, 50만 원, 100만 원씩 받앉다며? 아니야?"

내 뒤를 캐고 있었구나. 순간 얼굴이 뜨거워졌다. 불꽃이 가슴에서 튀며 걷잡을 수 없는 분노가 치밀어올랐다.

"맞아. 나도 너희 증조할아버지처럼 떼돈 좀 벌어서 벼락부자 되려고 스티커 팔았어. 설마 너희 증조할아버지는 팔아도 되고, 나는 안 된다고 말하고 싶은 건 아니지? 나도 부자 되면 알바 써서 스티커 떼고 재해 막을게. 누구네랑 달리 한 100명쯤 쓸 테니까 아마 재해도 손쉽게 막을걸. 됐지?"

욱해서 내지른 말이다. 가족은 건드리지 말아야 한다는 자각은 있었으나 입에서 제멋대로 나왔다. 자연재해를 막기 위해 절박한 심정으로 스티커를 떼는 행동도 비꼬아서는 안 되었다고 곧바로 후회했다. 사과해야 한다고 머리가 가슴을 치고 있는데도 입은 다물어진 채 움직이지 않았다. 소우주는 한동안 날 노려보다가 아무 말 없이 뒤돌아섰다. 그러고는 문을 거칠게 열고 건물로 들어갔다.

오후부터 비바람이 거세졌다. 비바람으로 끝날 거라는 일기예보가 바뀌며 폭풍이 온다고 했다. 아빠가 저녁을 먹다가 말고 하천을 점검하러 나간다며 일어섰다. 아빠는 우비를 챙겨 입으며 매번 하는 당부를 늘어놨다.

"비상시 대피 요령 알지?"

"하던 일을 멈추고 즉각 안전한 곳으로 이동한다. 명심하고 있어."

제대로 대답했는데도 성의가 없다면서 현관을 나서기 전 아빠가 다시 다짐을 놨다.

"강풍이 불면 주변에 날아올 만한 위험한 물건은 없는지 확인하는 거 잊지 마. 재난 문자는 제때제때 확인하고."

내가 어린앤가. 도로를 건널 때는 차가 오는지 좌우를 살피라는 것과 똑같은 수준의 재난 대피 요령은 알려 주지 않아도 안다. 더욱이 집에 있는데 강풍 때문에 얻어맞을 일이 뭐가 있담.

창문을 단속하고 방으로 들어가자 채팅 메시지가 와 있었다. 또 상담인가? 일일이 너무 귀찮으니 빨리 문항을 완성해야겠다. 나는 작게 한숨을 내쉬고 채팅에 참여했다.

아브라카다브라: 요마 님.

요마: 말씀하세요, 아브라카다브라 님.

아브라카다브라: 가장 강력한 저주를 걸고 싶어요.

> 요마: 죽음에 이르게 하는 저주는 판매하지 않습니다.
> 또한 최고로 접착력이 강한 저주는 300만 원이니 참
> 고 바랍니다.

이쯤 되면 높은 가격에 대한 불만이 터져 나온다. 진짜 놀라서이기도 하고, 흥정을 하려는 사람도 있다. 이런 불만에 대처하는 건 매뉴얼이 없어도 된다. 차단하면 그만이다. 그런데 아브라카다브라는 이미 정보가 있는 듯 즉각 대답을 내놓았다.

> 아브라카다브라: 돈 있어요. 안 죽여도 되고요.

> 요마: 저주 상대는 누구인가요?

> 아브라카다브라: 우리 학교 체육 쌤이요.

> 요마: 저주하고 싶은 이유는요?

> 아브라카다브라: 절친이 그 쌤 때문에 학교 옥상에서 뛰어내렸어요. 걔는 쌤 믿고 상담했던 건데. 대체 뭐라고 했기에 애가 갑자기 옥상에서 뛰어내려요? 아무튼 다 그 쌤 탓이에요. 근데도 자기는 잘못이 없다면서 내 친구에게 투신할 이유가 있었다고 말하는 악마

> 예요. 걔는 상담실에 들어가기 전까지 나랑 아무렇지 않게 놀았단 말이에요. 그딴 인간은 선생도 아니에요.

> 요마: 네네. 알겠습니다. 어떤 저주를 걸고 싶으신가요?

> 아브라카다브라: 그 쌤도 내 친구처럼 고통을 경험하면 좋겠어요. 다시는 학교에 나올 수 없도록요.

> 요마: 줄 수 있는 고통의 종류를 찾는 동안 아래 양식에 맞춰 저주 내용을 다시 한번 작성 부탁드립니다. 짧아도 괜찮습니다. 미리 말씀드릴 건 저주를 하면 손님에게도 부작용이 반드시 돌아온다는 겁니다. 명심해 주십시오. 그러니 작성하는 동안 다시 심사숙고해 주시고 내용 작성해 보내 주시면 그때 최상 저주 스티커를 세 개 정도 추천드릴 예정입니다.

내용을 한 번 더 스스로 적게 하는 이유는 작성하는 동안 자신의 마음을 들여다볼 수 있기 때문이다. 진짜 저주를 하고 싶은 건지, 순간적인 충동인지. 그동안 나는 저주 책을 넘겨 보며 손님이 원하는 방식과 강도에 맞는 저주를 찾아낸다. 사실 책에 있는 저주 방식은 대부분 외우고 있는 터라 대략 세 개 정도를 추린다고 보면 된다. 그마저도 양식에 맞춘 내용이 오면 그때 작업을 시작했다.

　손님은 다시 선택의 기회를 얻는다. 추천한 저주 가운데 마음에 드는 게 없으면 입금하지 않아도 되는 것이다. 저주하지 않을 기회라고 할 수 있다. 그러나 이번 손님도 역시 저주를 선택했다. 나는 손님이 선택한 저주 그림을 칠보 볼펜으로 그린 뒤 주문을 외웠다. 검은 저주의 빛이 문양을 따라 흘러가고 스티커에 접착력이 생겼다. 스티커는 생명체에게만 달라붙기 때문에 배송할 때 안전 봉투에 잘 싸서 넣으면 망가질 염려는 없다. 단, 접착력이 최상인 만큼 나에게 달라붙지 않도록 조심해야 한다. 최상 스티커답게 뒷면에 손가락이 쩍쩍 달라붙어 귀퉁이를 붙잡고 안전 봉투에 넣었다.

　다크로드의 배송 정보란에 손님의 동네를 입력했다. 잠시 후 지하철 물품 보관함 번호가 주소 옆에 생성됐다. 내일 보관함에 넣으면 다크로드에서 배달을 완료할 것이다.

　장부를 정리하려고 손님이 적어 둔 저주 내용을 복사해서 붙여 넣었다. 슬쩍 눈에 들어온 단어들이 눈에 익어 내용을 읽어 보았다. 아무래도 이번 손님의 저주 상대는 최정진 선배 사건에 얽힌 우리 학교 체육 선생님인 것 같다. 체육 선생님은 평소에도 학생들에게 곧잘 벌을 주고, 벌점도 자주 부과해 평판이 나빴다. 핸드폰이 박살 났는데도 봐주기는커녕 벌점까지 줘서 나도 좋아하지 않는다. 최정진 선배 사건으로 체육 선생님의 평판은 바닥까지 내려갔다. 이제껏 저주를 안 받은 게 용하다 싶었는데 시작되었나 보다. 나는 메모를 적어 넣고 다크로드 접속을 종료했다.

6월 6일

닉네임: 아브라카다브라

접착력: 최상

가격: 3,000,000원

저주 내용: 학교 체육 쌤 때문에 친구가 의식 불명이 됐어요. 그런데 그 쌤은 오히려 뻔뻔하게 자기는 잘못 없다고, 내 친구는 그럴 만했다고 욕하고 다녀요. 염치도 없이 어떻게 그럴 수 있죠? 자기 때문에 내 친구는 학교 옥상에서 뛰어내려 그 지경이 됐는데. 체육 쌤이 저지른 일의 대가를 치르게 하고 싶어요. 사고가 크게 나서 다시는 학교에 나오지 못하게 해 주세요.

메모 : 체육 선생님 탓으로 선배가 투신했다면 저주는 인과응보가 될 것이다. 하지만 선배에게 저주 스티커가 붙은 거라면 범인은 따로 있을 것이다.

소우주와 다툰 날, 갑자기 일어난 폭풍으로 한 마을의 가

옥 대부분이 무너졌다. 아빠는 이재민을 돕기 위해 장기 출장에 들어갔다. 짐을 가지러 집에 잠깐 들렀을 때 인터뷰했다고 하도 설레발을 쳐서 9시 뉴스를 전부 녹화했는데 지도반의 대표가 이재민들에게 구호 용품을 나눠 주는 현장 뒤에서 얼쩡거릴 뿐이었다. 이재민처럼 보였는지 아빠도 구호 용품을 받아 들고 있었다. 엄마가 깔깔거리면서 배를 잡고 웃자 아빠는 길게 인터뷰했는데 편집된 거라고 주장했다.

"그래도 아빠 화면발 잘 받지 않니?"

멀끔하게 생긴 반만해 대표에게 구호 용품을 받을 때 투샷으로 잡힌 화면으로 비교하자면 동화 '왕자와 거지'의 현실 버전이었다. 인터넷 정보로 찾아본 반만해 대표와 아빠는 동갑이었는데 도무지 같은 나이라고 보이지 않았다. 엄마가 핸드폰을 들여다보고선 나 대신 혀를 찼다.

"하필 대표한테 손 벌리는 장면이 찍혀 가지곤. 우리 연구실 동료들이 뉴스 보고서 당신 아니냐고, 집에서 쫓겨났냐고 문자 오고 난리네."

"아니, 지도반 대표야 요즘 잦은 재난으로 자기들 상품 팔아 떼돈 벌었으니까 때깔이 좋게 나오는 거지. 나는 생지옥 같은 현장에서 불철주야 일하느라고 물도 제때 못 마시는 형편이라고. 저 장면도 거동 불편한 노인들 대신해서 구호 용품

챙기고 있던 거야. 막말로 반만해인지 방만하다인지 저 대표는 재해 일어나면 좋아 죽을걸? 자기들 상품 잘 팔릴 테니까. 나는 달라. 나는 재해가 일어나면 현장을 지원해야 한다는 생각뿐이야."

아빠가 콧김을 뿜어 대며 무척 억울해했다. 엄마가 좋은 일 하러 찾아간 기업 대표를 왜 욕하냐고 하자 그제야 입을 다물었다. 하지만 아빠는 짐 싸는 내내 삐쳐 있었다. 아빠를 달래 준다며 엄마마저 재해 현장에 잠깐 들르기로 해서 집에는 나 혼자만 남게 되었다.

10시가 조금 넘어 방으로 들어갔더니 채팅창에 메시지가 와 있었다. 채팅 가능 시간은 진즉 지났으나 채팅창을 열자 심상치 않은 말이 남아 있었다.

> 당신을증오한다: 저주는 누구에게나 할 수 있는 건가요? 폭풍을 일으켜 인간들에게 고통을 주는 신에게도 저주를 내릴 수 있나요?

이번 폭풍의 발생 원인은 규명하기 어렵다고 기상학자들이 뉴스에서 설명했다. 기존 패턴과 다르게 단시간 내 급작스럽게 세력을 키운 기상 변화 때문에 다들 당황한 것처럼 보였다. 아무리 원인불명이라고 하더라도 신이 폭풍을 일으킨 다는 건 상식적으로 맞지 않는…… 아니, 폭풍도 자연재해다. 어쩌면 부정적인 에너지가 폭발하며 폭풍을 불러온 게 아닐까? 나는 먹구름처럼 뒤덮인 불길한 예감을 헤치며 채팅창에 답을 남겼다.

> 요마: 혹시 이번 재해 피해자이신가요?

채팅창을 줄곧 바라보고 있던 듯 곧바로 메시지가 이어졌다.

> 당신을증오한다: 요마 님이신가요? 말씀이 없으시길래 포기하고 있었는데. 답 주셔서 감사합니다.

> 요마: 저주하고 싶은 상대가 이번 재해를 일으킨 신인가요?

> 당신을증오한다: 가능하다면요. 신도 인간처럼 저주로 고통받을 수 있지 않을까, 문득 그런 생각이 들었어요. 어떻게든 제가 증오하고 있다는 걸 신에게 보여주고 싶어요.

> 요마: 피해가 크셨나요?

> 당신을증오한다: 폭풍 때문에 집이 주저앉았어요. 거동이 어려우신 할머니가 무너진 벽에 깔리셨고요. 큰 수술을 받아야 하는데 아무것도 없어요. 집도 없고, 치료비도 없고, 희망도 없고. 모두 폭풍 때문인데, 원망할 데가 하늘뿐이에요. 폭풍을 우리 마을로 보낸 신을 진심으로 증오해요.

소우주라면 알고 있을까. 이번 폭풍이 왜 일어난 건지. 전화번호가 있으니 당장 물어보면 금방 답을 알 수 있을 테지만 물어보는 게 겁난다. 만약 진짜 저주 스티커가 원인이라면 많은 사람이 고통받는 데는 내 책임도 있다. 그게 어느 정도일까. 지금까지 판 저주 스티커만 해도 100장은 훌쩍 넘는다. 그 정도면 자연재해가 일어날 만하다.

저주 스티커를 판 건 사람이 싫어서이기도 했지만, 그걸 팔아서 버는 돈이 달콤해서였던 것도 맞다. 나는 누군가를 미워하고 해하고자 하는 마음을 실행에 옮기도록 도왔고, 그로 인한 결과가 이것이다. 저주와는 아무 상관도 없고 잘못도 없는 사람에게 저주의 여파가 돌아간 것이다. 막상 자연재해가 일어나고 이런 사연을 접하니 내가 판 저주 스티커가 더 무겁게 느껴졌다. 할머니가 다친 건 나 때문이다. 나는 채팅창에서 깜박이고 있는 커서를 물끄러미 바라봤다. 당신을 증오하겠다는 닉네임이 나를 향한 말인 것처럼 보였다. 그렇다 해도 채팅창 너머에서 하소연하는 손님에게 내가 할 수 있는 말은 신을 저주할 수 없다는, 지극히 상식적인 대답뿐이었다.

> 요마: 수술비가 얼마인가요?

내 손가락은 내 마음과도, 머리와도 상관없는 생물일지도 모르겠다. 고맙다고 말하지 않는 조건으로 수술비를 내 주겠다고 한 걸 보면 마음과는 조금 연결된 것도 같지만. 이 와중에 수술비가 통장 잔고와 맞먹는다는 계산까지 했으니 머리와는 왕창 통할지도.

여하튼 나는 수술비를 포함한 병원비를 익명으로 보내 줬다. 다크로드는 익명을 보장하는 모든 일을 하고 있어서 신분을 감추는 건 어렵지 않았다. 돈은 전혀 아깝지 않은데도 며칠 동안 뒤숭숭했다. 일단 나부터 잘살아야 한다는 내 삶의 좌우명을 스스로 저버려서인지, 아니면 아빠가 재해 현장 사진을 수시로 가족 단톡방에 공유해서인지는 모르겠다. 폭풍이 쓸고 지나간 자리는 사진보다 더 처참하다고 덧붙이는 말에 자꾸만 신을 저주한 손님이 떠올랐다. 그 이후 채팅창도 열어 보지 않았다. 한마디로 일시 정지 상태로 시간만 흘려보내고 있었다.

 5교시 시작 전에 체육복을 갈아입고 밖으로 나왔다. 오늘은 체육관이 아닌 운동장 집합이다. 운동화 끈을 묶고 있는데 땅에 검고 작은 것들이 길게 늘어서 있는 게 보였다. 개미가 떼를 지어 마른 땅 위를 이동하고 있다. 하늘을 올려다보니 크게 솟아오른 산 모양의 구름 주변을 까마귀 무리가 불길한 소리를 내며 날아갔다. 소우주가 집안에 대대로 내려온 지식을 말했을 때 이런 현상이 있었던 것 같다. 설마 자연재해가 진짜 임박한 건가?

 양반은 못 되는지 소우주가 운동장 국기 게양대 뒤에 서서 어딘가를 응시하고 있는 모습이 눈에 들어왔다. 시선 끝에 걸린 사람은 체육 선생님이었다. 불현듯 폭풍이 불던 날에 엄청난 가격으로 최상 스티커를 팔았던 기억이 났다. 저주 스티커를 떼려고 기회를 엿보고 있구나. 할머니도 다쳤는데 체육 선생님마저 사고를 당하면 안 그래도 어수선한 마음에 떼어 내지 못할 죄책감마저 더해질 것 같았다. 더는 누군가 다치는 모습을 보고 싶지 않다. 도와줘야 한다는 책임감이 들었다. 하지만 소우주를 마주 볼 용기는 차마 나지 않았다. 어떻게 해야 하지? 나와 상관없다고 딱 잘라 말할 수 있다면 좋을 텐데. 나는 망설이다가 차라리 마주치지 말자며 뒤돌아섰다.

그때 소우주가 국기 게양대 뒤에서 후다닥 뛰쳐나가더니 체육 선생님에게 달려들었다. 결과는 당연히 소우주의 참패였다. 체육 선생님에게 제압당해 교복 뒷덜미를 붙잡히고 말았다. 씩씩대는 체육 선생님의 머리에는 저주 스티커가 붙어 있었다. 최상 스티커를 하필 머리에 붙여 놓았으니 떼어 내기 쉽지 않을 것이다. 교무실로 끌려가기 전, 소우주와 눈이 마주쳤다. 소우주는 해탈한 표정으로 내게 부처님 같은 미소를 지었다.

체육관 앞에서 소우주를 다시 만났다. 스티커를 뗄 기회를 엿보고 있을 테니 수업이 끝나고 체육관에 오면 만나게 될 줄 알았다. 아까는 소우주와 마주치는 게 껄끄러워 피했지만 따지고 보면 나도 가만히 있을 수 없는 입장이었다. 소우주가 스티커를 떼면 지난번처럼 저주가 일어나지 않았다는 항의가 들어올 테고, 그러면 더 강력한 스티커로 보상해 줘야 한다. 최상보다 더 강한 단계는 극상이다. 극상 스티커는 목숨을 빼앗는다. 어떤 스티커든 보내고 나면 일단 자연재해를 일으킬 가능성이 커진다. 게다가 스티커를 파는 게 맞는 건지 판단이 안 서서 가뜩이나 머릿속이 복잡한데, 칠보 볼펜을 쥐고 저주 그림까지 그릴 생각을 하면 머리가 터질 것 같았다.

경고 신호

차라리 환불을 해 주면 깔끔하게 마무리되겠지만 통장 잔고가 텅 비었다. 300만 원이 없으니 이번에는 눈 딱 감고, 저주가 일어나도록 둬야 한다. 어쩔 수 없다.

체육관 창가에 매달린 자세로 안을 살피고 있던 소우주가 "흠! 흠!" 하고 낸 인기척에 뒤를 돌아봤다. 자신과 내가 창과 방패 같은 사이가 된 상황을 이제야 알아차린 듯 난처함이 얼굴 전체에 깔렸다. 소우주 앞에서만큼은 스티커 제작을 후회하는 걸 들키고 싶지 않았다. 내 마지막 자존심이었다.

"체육 쌤한테 붙은 저주 스티커 내가 만든 거야. 떼지 마."

소우주는 주변을 둘러보고 아무도 없다는 걸 확인한 뒤에야 조심스럽게 입을 열었다.

"이제 나랑 대화할 생각이 드는 거야?"

"무슨 말이야?"

"메시지 보냈는데 하나도 안 읽어서 아직 화가 덜 풀렸구나 했거든."

아차차. 까먹고 있었는데 마켓 스티커를 재오픈하면서 소우주 전화번호를 차단했다. 근데 소우주는 나한테 화가 났던 거 아니었나? 내가 한 말들에 상처받은 얼굴로 뒤돌아섰으면서 왜 내 마음을 걱정하지?

"그날 집에 돌아가서 곰곰이 돌이켜 보니 내가 좀 욱한 것 같더라고. 나도 처음에 저주 책이 있다는 걸 알았을 때 갈팡질팡했거든. 너도 지금 그 단계에 있는 건데 너한테 선택하라고 조급하게 강요했어."

"네가 갈팡질팡했다고? 어떻게?"

"저주 책을 만든 건 증조할아버지인데 왜 우리가 고생해야 하는 건지 처음엔 이해가 잘 안 됐어. 나도 유산으로 편하게 살고 싶었거든. 게다가 아이들의 오해를 무릅쓰고 저주 스티커를 뗄 때 뒤에서 쑤군거리는 험담을 듣고 있자면 견디기 힘들 때도 많아. 가끔 떼어 낸 스티커를 도로 붙여 두고 싶은 유혹도 있고."

"늘 올바르게 살 것만 같았는데 의외네."

앗! 나의 속마음이 입 밖으로 나와 버렸다. 나는 다급히 입을 손으로 막았다. 소우주가 그런 내 모습을 보고 웃었다.

"나도 가끔은 세상을 원망하는 평범한 아이야. 그런데 저주 책을 가진다는 건 그 원망을 손쉽게 풀 수 있는 일이잖아. 자칫 마음이 느슨해지면 그걸로 남을 해하고 싶은 마음이 불쑥 끼어들어 자라나고 말더라. 그래서 계속 마음을 다잡으며 올바르게 쓰려고 열심히 노력하는 거야."

증조할아버지가 저주 책을 만들었으니 소우주는 저주를 멈추려는 후계자로서 부담감이 클 것이다. 스티커를 떼면서 피해를 최소화하려고 해도 뜻대로 되지 않고 실패할 때가 더 많겠지. 체육 선생님처럼, 혹은 폭풍처럼.

"얼마 전에 일어난 폭풍 말이야. 혹시 부정적인 에너지가 폭발하며 일어난 거야?"

소우주가 무거운 심정을 담아 천천히 고개를 끄덕였다. 그날 아침에 자연재해가 발생할 거라는 경고 신호가 있었고 저녁에 폭풍이 생성되었단다. 돌이켜 보니 소우주가 전조 증상에 관해 무언가 설명하려고 할 때 내가 말을 막았었다.

"부정적인 에너지는 쌓이다가 폭발하는 거라 하나의 스티커로 일어나는 건 아니야. 다만 저주가 이뤄지는 순간 곧바로 폭발하는 스티커는 그간 누적된 부정적인 에너지를 터뜨리는 열쇠 같은 역할을 해. 지금 선생님에게 붙은 스티커가 바로 그 스티커야."

"그럼 아까 개미들이 줄지어 가고 구름 모양이 이상한 게 전조 증상이라는 거야?"

"너도 자연이 보내는 경고 신호에 귀 기울이고 있었구나."

소우주가 환하게 웃었다. 지금 웃음이 나오나? 자연재해가 임박했다는데.

"며칠 전에 발생한 폭풍으로 부정적인 에너지가 많이 소진되기는 했을 거야. 그래도 최근에는 부정적인 에너지가 쌓이는 속도가 빨라져서 폭발이 어떤 규모로 올지 알 수 없어."

"어떤 재해가 오는지는 알 수 있고?"

"아까 네가 본 것들은 지진이 일어날 거라는 신호야."

지진이라고? 규모와 범위는 모르지만 만약 폭풍이 휩쓴 재해 지역에 다시 지진이 온다면 큰일이다. 가뜩이나 기반이 불안정할 테니 대피도 어려울 거다. 도로가 뒤틀리고 건물이 주저앉는 곳이 내가 사는 지역이 아니라는 법도 없다. 더군다나 내가 만든 저주 스티커가 지진을 일으키는 열쇠가 되도록 두고 본다면 폭풍 때와는 비교도 안 될 만큼 죄책감에 시달릴 것이다. 그럴 바에야 아르바이트라도 해서 체육 선생님에게 반감을 가진 손님에게 환불을 해 주는 게 낫다.

소우주를 슬며시 지나쳐 창가로 갔다. 체육 선생님이 체육관 정리를 지시하고 있다. 머리에 붙은 저주 스티커가 선생님이 움직일 때마다 펄럭거렸다. 대체 저걸 어떻게 머리에 붙였을까? 대단하다. 아니, 이런 감탄을 하고 있을 때가 아니다. 소우주는 이미 얼굴이 알려졌으니 다가가면 체육 선생님이 경계할 게 뻔하다.

내가 떼어 내야 한다. 하지만 어떻게? 머리라고는 하지만 엄밀히 따지자면 머리카락에 스티커가 붙어 있다. 최상 스티커인 만큼 떼어 내려면 머리카락을 뜯을 각오를 하고 손대야 할 것이다. 그걸 체육 선생님이 가만히 두고 보지 않을 테니 문제고.

"넌 쌤한테 어떻게 접근했어? 아까 내가 운동장에서 본 게 다야?"

"그 전에 한 번 더. 복도 지나가실 때 뒤에서 손을 뻗었다가 붙잡혔어."

두 번의 접근으로 경계심은 극도로 올라갔다고 보면 된다. 몰래 다가가서 떼어 낼 수는 없다는 결론이 나왔다. 경계심을 풀 상황이 필요했다.

"저 스티커만 떼면 지진 안 일어나는 거지?"

"최상 스티커는 떼어 내도 여파가 작게나마 남을 수 있다고 엄마가……."

"아, 쫌! 사지로 가는 전우한테 그냥 희망의 노래를 불러 줄 수는 없어?"

"네가 떼어 내게?"

소우주의 놀란 표정을 바라보며 나는 고개를 끄덕였다. 체육 선생님한테 붙은 스티커를 내가 만들었다고 고백도 한 마당이다. 내가 만든 스티커가 위기를 초래했으니, 지진이 일어나기 전에 해결하는 게 마땅하다.

나는 비장하게 체육관 문을 열고 들어갔다. 아이들은 체육관을 정리하느라고 분주했다. 내게 이목을 집중시켜 체육 선생님이 달려오게 하는 게 첫 번째 목표이다. 진짜 하고 싶지 않지만, 지진으로부터 날 지키기 위해서라도 연기를 시작했다.

"악!"

나는 비명을 지르며 배를 움켜쥐었다. 그러고는 고통스러운 표정으로 바닥에 주저앉았다. 힐끗 주위를 보았으나 아직 내게로 모든 관심이 모이지는 않았다. 더 새되게 비명을 지르며 체육관 바닥을 데굴데굴 굴렀다.

"아이고, 배야. 아악악!"

아이들이 우르르 모여들었다. 체육 선생님 얼굴도 보였다. 나는 체육 선생님의 체육복을 움켜쥐며 죽겠다고 난리를 피웠다. 선생님이 어디가 아픈지 묻기에 증상을 말할 듯 입을 달싹이며 상체를 약간 일으켰다. 체육 선생님이 구경에 나선 아이들을 제지하며 고개를 돌린 틈에 재빨리 손을 뻗어 스티커를 움켜잡았다. 당황해하는 선생님과 눈이 정면으로 마주쳤다. 내 얼굴에서 꾀병의 기미를 알아차린 듯 표정이 서서히 구겨졌다. 하지만 최정진 선배 사건으로 마음이 아픈 아이를 방치했다는 비난에 휩싸인 적이 있기에 심증만으로 내 손을 쳐낼 수는 없을 것이다. 나는 배가 아프다는 연기를 이어 가며 손아귀에 힘을 줘 스티커를 힘껏 뜯어냈다.

"으악!"

머리카락을 뜯기자 체육 선생님이 비명을 질렀다. 내 손에는 한 움큼의 머리카락과 함께 스티커가 들려 있었다. 의기양양하게 일어서려는 찰나, 체육 선생님의 머리에 찢어진 스티커 조각이 아직 붙어 있는 게 눈에 들어왔다. 안 돼, 마저 떼어 내야 해! 허공에 손을 휘저어 보았으나 체육 선생님은 내 손에 들린 머리카락 뭉치를 보고서는 얼굴을 찌푸린 채 내게서 멀어졌다. 머리를 문지르며 농구 골대 쪽으로 걸어간 체육 선생님이 구급차를 부르고 있었다.

그 순간, 땅이 미세하게 흔들리기 시작했다. 최상 스티커가 제거되며 작은 여파로 지진이 일어난 건지, 아니면 접착력이 강한 탓에 남아 버린 스티커가 부정적인 에너지를 폭발시킬 열쇠를 돌린 건지 판단이 안 섰다.

소우주가 체육관으로 뛰어 들어왔다. 예감이 좋지 않았다. 소우주는 나를 지나쳐 농구 골대를 향해 달려갔다. 진동이 느껴지며 체육관에 있던 아이들이 휘청거렸다. 농구 골대를 붙잡으려던 체육 선생님이 손을 허우적거렸다. 농구 골대는 체육 선생님 쪽으로 기울어지고 있었다. 소우주가 뻗은 팔이 닿기 전, 농구 골대가 선생님을 덮쳤다. 아이들의 비명이 체육관을 울렸다.

 손에 쥐고 있던 스티커는 흔적도 없이 사라진 뒤였다.

누명도 당당히!

전국에서 지진, 폭풍, 산불, 해일 등의 자연재해가 동시다발적으로 발생하고 있다. 뉴스에서는 연일 이례적인 재해 상황을 진단하며 원인으로 기후 이변을 꼽았다. 틀렸다. 나는 자연재해가 왜 동시다발적으로 일어나는지 알고 있다. 어딘가에서 만들어지고 있는 저주 스티커 때문이라는 걸.

 나는 지진을 겪은 뒤로 마켓 스티커를 완전히 폐쇄했다. 그날 부정적인 에너지는 약한 강도로 폭발했지만 저주의 무서움을 체감하고도 남았다. 진도가 낮은 지진이라 대부분 땅이 흔들린 것도 느끼지 못했다는데 체육관만은 사정이 달랐다. 체육 선생님에게 사고가 생기는 저주까지 겹쳐지며 체육관은 강하게 흔들렸다. 강한 지진이 발생하면 어떻게 수많은 사상자가 생기는지 저절로 깨달을 만큼 충격이 컸다.

체육 선생님은 농구 골대에 다리를 다쳤다. 소우주가 마지막에 손을 뻗어 끌어내지 않았더라면 더 큰 부상을 입었을 것이다. 체육 선생님은 자신이 부른 구급차에 실려 병원으로 가는 신세가 되고 말았다.

다음 날부터 나는 야구 모자를 쓴 마요를 교복 주머니에 넣고 등교했다. 주머니가 불룩해졌으나 날 지켜 준다는데 그게 대수랴. 폭풍 후 불과 며칠 만에 그 정도의 지진이 일어난 거라면 언제 또 재해가 발생할지 아무도 몰랐다.

소우주는 가족들도 지금껏 이렇게 빠른 속도로 부정적인 에너지가 쌓이는 상황을 본 적이 없다고 일러 줬다. 저주가 대량으로 발생하고 있거나 사람의 목숨을 앗아 가는 극상 스티커가 연이어 발동한 거라는 추측이 이어졌지만 그건 어디까지나 원인 규명일 뿐, 중요한 건 '언제든'이다. 사람들의 저주로 생긴 부정적인 에너지가 언제든 자연재해를 일으킬 수 있다는 것.

더는 자연재해를 부추기는 행동은 하지 말아야겠다고 마음먹었다. 지루하고 재미없는 학교생활을 원 없이 즐겨 보겠다고 다짐도 했다. 소우주가 다크서클이 턱 끝까지 내려온 얼굴로 연신 하품을 해 대며 스티커 판매 루트를 찾느라 잠을 설쳤다고 말하지 않았다면 정말 그러려고 했다.

소우주는 내가 다크로드에 마켓을 열었던 것처럼 저주 책 파본을 가진 다른 누군가도 같은 방식을 쓰고 있을 거라고 내다봤다. 나는 비록 떠났으나 누군가는 다크로드의 익명성에 기대고 있을 가능성이 컸다. 그럴듯한 추리라고 치켜세워 주었는데도 소우주는 고개를 떨궜다.

"나도 아는데, 아는데……."

소우주는 다크로드에 접근하지 못하고 있다고 고백했다. 한동안은 초대받을 수 없었고 입장한 뒤에는 가슴이 울렁거려 제대로 둘러보지 못하겠단다.

"거긴 너무…… 너무…… 무서워."

각종 범죄를 의뢰하고 수락하는 어둠의 온상에서 얼굴이 하얗게 질려 갔을 소우주의 모습이 쉽게 상상되었다. 할 수 없지, 다크웹은 내가 전문이니. 나는 한껏 생색내며 다크로드에 다른 판매처가 있는지 찾아봐 주겠다고 선언했다. 비로소 소우주의 표정이 환해졌다.

"정말? 와, 다행이다. 근데 네가 운영했던 마켓은 이름이 뭐야?"

내내 궁금했다며 타이밍을 잘 맞춰 질문을 던져 왔다. 역시 만만히 볼 상대가 아니다. 마켓 이름을 알려 주면 마켓 스티커가 얼마나 인기가 많았는지 알게 될 터다. 자연재해가 일어날 때마다 조건 반사적으로 날 떠올리게 만들고 싶지는 않다. 내가 입을 다물어 버리자 소우주는 괜히 내 신경을 건드릴까 봐 걱정되는지 화제를 돌렸다.

"엄마가 체육 선생님 문병 다녀오라고 하셨어. 같이 가자."

평소라면 귀찮다고 가지 않았겠지만, 갔다. 내가 만든 스티커 때문에 다쳤는데 안 간다고 하면 양심 불량으로 보일 테니까. 더욱이 머리카락을 한 움큼이나 뜯었으니 체육 선생님이 돌아와 앙갚음하기 전에 사과라도 하는 게 낫겠다 싶었다.

체육 선생님은 6인실 병실에 있었다. 다들 자리를 비운 상태였다. 홀로 침대에 누워 창밖 풍경을 보고 있던 선생님은 병실로 들어선 우리를 보고 흠칫 놀랐다. 소우주가 편의점에서 산 음료 선물 세트를 내밀며 괜찮으시냐고 묻는데도 우리를 빤히 쳐다보기만 했다.

"너희도 보이니?"

"뭐가요?"

어리둥절한 채 서 있는 우리를 향해 체육 선생님이 '검은 그림자'라고 내뱉었다. 검은 그림자는 저주당한 사람과 저주의 부작용을 겪는 사람에게 공통으로 보이는 존재이다. 모두에게 보이는 건 아닌 듯했으나 아마도 체육 선생님에게 붙어 있던 저주가 발동될 때 검은 그림자가 나타난 모양이다. 비정상적으로 쓰러진 농구 골대가 떠올랐다. 다른 체육 시설물은 지진에 흔들린 정도였으나 농구 골대만 넘어진 게 괴이하다고 말이 나오고 있었다.

"검은 그림자가 농구 골대를 넘어뜨린 건가요?"

"너도 보여?"

소우주와 체육 선생님이 동시에 소리쳤다. 보일 리가 있나. 단지 계속 가슴에 찜찜하게 남은 의문이 검은 그림자와 맞닿았을 뿐이다. 과연 체육 선생님에게 내린 저주는 끝났을까?

스티커가 완전히 제거되지 않은 상태에서 사고가 일어났다. 학교에 돌아오지 못할 정도로 큰 사고여야 했는데 소우주 덕분에 상대적으로 가벼운 사고를 당했다. 만약 스티커가 찢어져서 이번에는 가벼운 사고에 그친 거라면 저주의 신이 만족할 때까지 저주가 이어질 수도 있다. 아직은 저주가 끝났다고 단정할 근거가 부족했다.

체육 선생님은 저주에 걸렸었다는 사실을 꽤 차분히 받아들였다. 무엇보다 검은 그림자를 봤던 영향이 컸다. 검은 그림자가 워낙 섬뜩하고 으스스했기에 그런 괴물을 불러낸 무언가가 있을 거라고 예상했다고 한다. 체육 선생님은 턱수염을 문지르며 검은 그림자가 나타난 상황을 상세히 말해 줬다.

"체육관이 갑자기 흔들려서 뭐라도 잡으려고 농구 골대를 돌아봤어. 그런데 농구 골대 위로 검은 그림자가 나풀대듯 내려앉더라고. 처음에는 잘못 봤나 했지. 그런데 농구 골대를 스르륵 미끄러져 내려오더니 검은 그림자가 손가락을 팅기듯 슬쩍 골대를 밀더구나. 그 무거운 농구 골대가 무게감이 없는 듯 픽 쓰러지더라. 다리를 다쳤을 때 아프고 정신없는 와중에도 검은 그림자만은 선명히 보였어. 골대에 쪼그리고 앉아 날 내려다보고 있었거든."

형체가 불분명할 거라고 상상했던 것과 달리 검은 그림자는 확실한 형태를 지닌 듯했다. 그런데 왜 박유리뿐만 아니라 체육 선생님까지 '검은 그림자'라고 부르는 걸까?

"그걸 검은 그림자라고 부르는 이유가 있으세요?"

"그냥 딱 보면 사람 그림자처럼 보이거든. 검다고 한 건 그림자 주변에 검은 안개 같은 희미한 연기가 피어올라서야. 아! 섬찟한 기운도 느껴졌는데 반대로 되게 일하기 싫은 직장인 느낌도 있었어."

"네? 일하기 싫은 직장인이면 공부하기 싫은 학생 같은 느낌인가요?"

"공부보다는 숙제하기 싫은 학생이 더 비슷하려나. 아무

틈 골대를 쓰러뜨리기는 해야겠는데 힘을 많이 쓰고 싶지는 않고, 하긴 해야 하고. 억지로 맡은 일을 하는 느낌? 그래서 대충 손가락으로 튕기는 것 같았어. 뭐, 그냥 내 느낌이 그랬다는 거야."

체육 선생님이 깁스한 다리를 긁적이며 멋쩍어했다. 말이 끊긴 사이에 소우주가 들고 온 음료수를 따서 체육 선생님에게 건네드렸다. 내게도 친절하게 하나 내밀었다. 내 취향이 아니라 음료 상자를 뒤져 보고 있는데 소우주가 자꾸 내 어깨를 툭툭 쳤다. 뒤돌아보니 체육 선생님이 어이없다는 표정으로 바라보고 있었다. 취향에 맞춰 고른 음료수를 따며 마저 질문을 던졌다.

"검은 그림자는 언제 사라졌어요?"

"나한테서 뭘 찾는 것처럼 보였거든. 그러다가 고개를 바닥으로 향하더니 곧 감쪽같이 없어져 버렸어."

시선이 바닥을 향하고 있었다면 저주 스티커가 땅으로 떨어지는 순간을 기다렸던 거라고 유추가 가능하다. 왜 스티커가 떨어지는 순간을 봐야만 했을까? 어쩌면 검은 그림자는 저주를 완성할 힘이 없는 게 아닐까? 스티커가 떨어지지 않으면 떨어질 때까지 사건을 일으켜야 하니 지켜본 거다. 즉, 검은 그림자의 일은 저주가 끝날 때까지 사건을 일으키는 것.

계약에 따라 저주의 신에게 끌려간 이들은 노예가 된다고 했다. 검은 그림자가 저주의 신이 부리는 노예라고 가정하면 그들이 저주의 현장에 나타나는 이유가 설명된다.

"그래, 그거야."

내가 음료수를 들고 손을 탁, 치는 바람에 사방으로 액체가 튀었다. 소우주가 물티슈로 부지런히 얼룩을 지웠다. 나의 위대한 발견을 감출까 하다가, 체육 선생님이 직장인 운운한 힌트를 가지고 답을 찾아냈다고 자랑하고 싶어 모두 설명해 줬다. 이야기를 다 들은 소우주 표정이 어두워졌다. 체육 선생님은 칭찬을 건너뛰고 느닷없이 최정진 선배를 끌어왔다.

"혹시 정진이도 저주받은 거니? 상담실 창가에 검은 그림자가 보인다고 했는데."

"선배가 검은 그림자가 보인다고 말했다고요? 언제요?"

"상담실 나가기 직전에. 슬쩍 창밖을 보고 지나가는 말로 했어."

"다른 건요? 다른 수상한 기미는 없었어요? 눈이 풀린 것 같았다든가, 언제부터 검은 그림자가 보였다든가?"

"그게 다야. 창밖에서 검은 그림자를 본 것 같은데, 나무 그림자를 잘못 봤나 보다고 웃었어."

검은 그림자를 봤다면 선배한테 저주 스티커가 붙었거나

선배가 붙인 적이 있다는 게 된다. 소우주가 확인한 사실이 맞았다. 그런데 소우주는 흥분한 기색도 없이 체육 선생님을 물끄러미 보고 있었다. 왜 저러나 싶어 입을 막 떼려 할 때, 소우주가 먼저 담담한 어투로 체육 선생님의 아픈 곳을 정확하게 찔렀다.

"그런데 선생님은 최정진 선배가 투신할 이유가 있다고 증언하신 거 아니었어요?"

소문으로는 경찰 조사에서 최정진 선배가 투신할 만한 이유가 있다고 말했지만, 왜 투신한 건지는 진술하지 않았다고 했다. 혼수상태인 최정진 선배는 깨어날 기미가 없었다. 최정진 선배와 체육 선생님 사이에 무슨 일이 있었다면, 체육 선생님이 범행을 은폐하려고 저주 스티커를 붙였을 수도 있다.

소우주, 순진한 줄만 알았더니 제법 날카롭네. 체육 선생님이 한숨을 내쉬었다.

"내가 경찰 조사에서 한 말이 와전되어 퍼진 건 알고 있어. 그렇지만 맹세코 정진이가 투신할 이유가 있다고 말한 적은 없어. 상담 내용도 투신할 정도로 심각한 건 아니었는데 내가 왜 그런 말을 하겠어?"

"선배가 어떤 이야기를 했는지 들려주실 수 있을까요? 절대 다른 데 발설하지 않을게요."

체육 선생님은 한동안 생각에 잠긴 듯 보였다. 이윽고 결심한 듯 상담 내용을 들려주었다. 최정진 선배는 동생과 사이가 좋지 않아서 고민하고 있었다고 한다. 부모님 사랑을 형이 독차지하고 있다고 생각하는 동생이 자꾸만 위험한 행동을 한다면서. 뜨거운 물을 실수인 척 자신에게 쏟거나 계단에서 슬쩍 미는 행동에 어떻게 대처해야 할지 몰라 상담을 요청한 거였다.

"되도록 부모님은 몰랐으면 하더라. 동생이 상처 입지 않는 선에서 해결하고 싶다고. 형제라서 남자애들 간 서열 다툼처럼 보이기도 했고, 정말 편애라면 예민한 문제라서 그날은 같이 해결책을 찾아보자고만 하고 돌려보냈지. 근데 그 일로 옥상에서 뛰어내렸다고 하니 나도 깜짝 놀랐어."

사건 이후 경위서를 작성했고 경찰 조사에서도 같은 내용을 진술했다. 사건 다음 날 교육청으로부터 다른 학교에서도 최정진 선배처럼 투신하는 사례가 많아 조사를 진행하고 있으니 시설물 관리 등의 주의를 요하는 공문이 발송되었다. 그래서 교원징계위원회 전에 직위 해제를 결정하는 건 시기상조라고 내부 판단을 내렸다고 한다. 민감한 시기라 상담 내용은 학교에서 철저하게 비밀에 부쳤다. 자신이 학생들 입에 오르내리며 누명을 쓰더라도 정진이가 동생을 생각하는 마음을 지켜 주고 싶었다며 체육 선생님이 웃었다.

"억울하지 않으셨어요? 누명으로 교원징계위원회에도 회부된 거잖아요."

"어떤 이유든 나와 상담한 직후 정진이가 투신한 건 사실이니까 억울할 것도 없어. 정진이가 곧 깨어날 거라고 믿고 있으니 누명도 차차 벗겨지겠지. 물론 너희에게 말한 건 예외적인 경우야. 정진이가 저주에 걸렸다면 이번에는 너희가 지켜 줘야 할 테니까."

편견으로 만들어 둔 프레임 안에서 체육 선생님을 판단했다는 게 부끄러웠다. 그러고 보니 체육 선생님이 벌점을 주면서 늘 원칙을 위배하지 않기 위해서라고 말했던 기억이 난다. 같은 상황에서 누구에게는 벌점을 주고 다른 누구에게는 주지 않는다면 공평하지 않다면서. 그때는 선생님의 변명일 뿐이라고 무시해 버렸다. 원칙대로 한 행동 때문에 미움받은 체육 선생님. 저주는 결국 자신이 만든 프레임에 누군가를 가두는 걸지도 모르겠다. 누명을 쓰더라도 당당한 체육 선생님이 조금 멋져 보였다.

병원을 나와 다시 다른 병원으로 이동했다. 이번에는 최정진 선배가 입원한 병원이었다. 선배가 저주 때문에 투신했다는 가설을 확인하기 위해서였다. 만약 저주가 맞다면 최정진 선배에게는 극상 스티커가 붙었을 확률이 높았다. 극상 스티커는 목숨을 빼앗는 스티커다. 접착력이 워낙 강력하니, 아직 스티커가 붙어 있을 것이다.

최정진 선배는 중환자실에 있었다. 중환자실은 면회 시간 외에는 방문할 수 없다. 그마저도 가족 혹은 가족이 승인한 방문자만 면회할 수 있다는 규칙이 있었다. 소우주가 의사 가운 여분을 찾아 두리번거렸다. 설마, 의사로 변장해서 들어가려는 건가? 드라마에서나 가능한 일인 걸 모르나 보다. 앳된 얼굴의 고등학생을 의사로 봐줄 의료진이 어디 있다고? 천진난만하다고 비웃어 주려다가 딱히 다른 대안이 있는 것도 아니라 그만뒀다.

그런데 내 눈앞에 다른 방법이 떡하니 걸어왔다. 중학교 교복을 입은 남학생이 우리를 노려보며 지나간 것이다. 노려보는 이유야 다양할 수 있겠지만 교복을 흘깃 보는 얼굴이 최정진 선배와 닮아 있었다. 사건 이후 아이들 틈에 슬쩍 끼어 사진으로 얼굴을 본 적이 있어서 알아볼 수 있었다. 내가 선배 이름을 대며 혹시 가족이냐고 다가가자 "그래서, 뭐요?"라는 대답이 돌아왔다. 역시 동생이 맞았다.

"정진이가 잘 있나 너무 걱정돼 보러 왔는데 들어갈 수가 있어야지. 지금 면회 온 거면 우리도 같이 들어가면 안 될까? 네가 결정하기 어려우면 부모님께 말씀드려 줘. 형 친구들이 왔다고."

부모님이라는 말에 동생의 눈썹이 슬쩍 올라갔다. 형을 시샘하고 있는데 부모님에게 형의 친구들이 왔다는 말을 구태여 전하고 싶지는 않을 것이다. 동생은 귀찮아 죽겠다는 표정으로 우리를 쩨려보더니 따라오라고 했다. 소우주가 놀란 듯 뒤에서 눈으로 물었다. 거짓말인데 괜찮겠냐고. 의사로 변장하는 것보단 낫지 않겠니? 나도 눈으로 되돌려줬다.

중환자실 밖에서 동의서에 사인하고 출입증을 받았다. 면회는 10분간 허용된다. 들어갈 수 있는 인원은 한 명. 동생이 면회 방법을 설명해 주며 오늘은 자기 차례라 부모님은 안 올 거라고 덧붙였다.

"나는 안 들어가도 되니까 둘 중 누가 들어갈지 알려 줘요."

우리 둘 다 손을 들었다. 당연히 내가 들어갈 거라고 생각했던 나는 소우주의 옆구리를 팔꿈치로 툭 쳤다. 소우주는 그래도 손을 내리지 않았다. 눈빛에는 이래 봬도 자신이 저주를 깨는 후계자인데, 들어가서 저주 스티커를 확인해야 한다는 결의가 담겨 있었다. 하지만 그건 소우주의 착각이다. 한 명이 들어가야 한다면 당연히 내가 들어가야 한다. 이전 스티커 제작자로서, 스티커에 그려진 저주 그림에 어떤 특징이 있는지 자세히 확인할 수 있으니까.

우리가 무언의 힘겨루기를 하며 출입증을 서로 가져가려고 하자 동생이 어처구니없다는 듯 한마디 했다.

"번갈아 들어가도 되니까 각자 5분씩 써요."

그제야 겨우 우리 사이에 평화가 찾아왔다. 마침 출입증을 손에 들고 있던 내가 먼저 들어가기로 했다. 소우주는 문 앞까지 따라와 시간 꼭 맞춰 달라고 신신당부했다. 거참, 귀찮게 구네. 나는 소우주를 내쫓듯 손을 휘저으며 당당하게 중환자실로 들어갔다. 입구에서 손을 씻고 마스크를 착용한 채 병실로 향했다.

호흡기를 착용한 최정진 선배가 보였다. 내 숨결 한 번에 병균이라도 전염될까 봐 숨을 최대한 참으며 다가갔다. 선배의 팔이 이불 밖으로 나와 있었다. 손등에 연결된 링거 바늘 옆에 스티커가 붙어 있다. 문양이 서로 얽혀 있는 고난도 그림이다. 목숨을 빼앗는 저주가 틀림없었다.

나는 극상 스티커를 더 자세히 보기 위해 고개를 숙였다. 칠보 볼펜처럼 균일하게 액이 나오는 도구를 사용한 건 아니라는 확신이 들었다. 굵기가 제각각인 것으로 보아 액체를 계속 찍으며 그린 거다. 선의 굴림도 매끄럽지 않다. 그런데도 선이 엇갈리는 부분만은 일그러지지 않았다. 커다란 종이에 그린 건가? 검은빛이 문양을 따라 흘러갈 때 종이가 늘 똑같은 크기로 줄어들었다. 나는 늘 A4 용지를 사용하기 때문에 같은 크기가 된 건 줄 알았는데, 아닐지도 모르겠다. 어떤 크기의 종이에 그리든 같은 면적으로 줄어든다면, 아주 큰 종이에 그려도 되는 거다. 다만 그렇게 되면 소모되는 액이 많아진다.

증거는 없지만 나는 저주 그림에 쓰이는 액이 피는 아닐까 추측하고 있다. 그렇다면 이걸 그린 사람은 대체 저주 그림에 얼마나 많은 희생을 치른 걸까? 혀 차고 있을 때가 아니다. 극상 스티커는 사람의 정신을 빼앗아 죽음에 이르도록 한다. 불행 중 다행으로 혼수상태에서는 발동하지 않는 듯했다.

다시 저주를 받기 전에 소우주가 스티커를 떼어 낼 거다. 분명 병실에 들어오자마자 제거할 테니, 나는 그 전에 저주 스티커에 다른 특징은 없는지 더 확인하기로 했다. 저주 내용을 적은 글씨체를 따라 써 보고 있는데 별안간 동생이 들어왔다.

"뭐 하는 거야?"

"아니, 나는……."

"처음부터 이상하다고 생각했어. 본 적도 없는 사람들이 형 친구라고 할 때 말이야. 스티커가 붙어 있는지 확인하려고 여기 온 거야?"

결국 그렇게 된 거구나. 잠깐 스친 생각이 있기는 했다. 체육 선생님에게 상담 내용을 들었으니 선배와 동생 사이가 안 좋다는 힌트가 있었다. 불안해 보이던 눈빛을 봤을 때도 애써 아닐 거라고 믿었다. 동생이 형에게 저주 스티커를 붙였을지도 모른다는 슬픈 가능성을.

"너한테도 보이는구나. 저주 스티커가."

제작자가 아닌 사람에게 스티커가 보인다는 건 저주 스티커를 붙였다는 의미였다. 충격을 받았다기보다 이 상황이 조금 서글펐다. 형은 동생과 잘 지내고 싶어서 상담까지 받았는데, 동생은 그런 사실도 모른 채 형을 저주했다. 넘지 말아야 할 선. 그 선 밖에 동생이 서 있었다.

동생이 주먹을 꽉 쥐고 나를 노려봤다. 면회 시간이 끝나서 중환자실을 빠져나올 때까지도 동생은 주먹을 쥐고 있었다. 밖에서는 소우주가 혼자 안절부절못하고 있다. 아마도 동생이 중환자실로 따라 들어간 뒤에야 면회는 두 명까지 가능하다는 문구를 확인했을 것이다. 동생은 우리를 옥상 정원으로 데리고 올라갔다. 잡담을 나누고 있는 사람들과 그리 멀지 않은 곳에 자리 잡더니 작은 목소리로 따져 물었다.

"뭐야, 너희들. 그 사람이 확인하라고 보냈어?"

그 사람? 누구를 말하는 건지 확인하기 위해 미끼를 뿌려야 할 타이밍이었지만, 나도 주먹만 꽉 쥐고 있었다. 일부러 유도신문을 하며 대화를 하고 싶은 마음이 전혀 들지 않았다.

"가족이잖아. 근데 왜 그런 거야? 왜 저주를, 그것도 죽일 마음으로 한 거야?"

내 말에 동생보다 소우주가 더 놀라며 헉, 하고 숨을 들이마셨다. 동생은 오히려 의아한 표정을 지었다. '그 사람'이 보낸 거라고 여겼는데 딴소리를 하니 영문을 알 수 없다는 느낌이었다. 아마도 '그 사람'이 동생에게 저주 스티커를 판매한 것 같았다. 동생은 겨우 상황을 파악한 듯했다.

"그 사람이 보낸 것도 아니면서 웬 참견이야? 네가 뭔데? 네가 우리 가족이야? 형 친구야? 뭔데 지적질인데?"

"형이 부모님 사랑을 독차지하는 이유가 있네. 네가 상황을 그렇게 만들고 있잖아."

"뭐?"

"형은 너랑 잘 지내 보려고 매번 참고 노력했을 거야. 근데 너는 스스로 망친 상황을 풀지 못해서 저주까지 손대 버렸네. 형도 참 가엽다. 너 같은 동생도 가족이라고 지켜 주려고 했다니."

"네가 뭔데 자꾸 아는 척이야? 자기만 착한 척, 자기만 잘난 척, 그 꼴 보는 게 얼마나 힘들었는지 알아? 왜 항상 형만 행복한 건데? 왜 형만 인정받는 건데? 지금도 그래. 형은 병실에 누워서도 엄마, 아빠 관심을 독차지하잖아. 입만 열면 다들 형 얘기뿐이야. 맨날 형이랑 비교당하며 사는 내 마음을 네가 알아?"

"난 몰라. 그리고 알고 싶지도 않아. 형이랑 잘 지내려고 노력도 안 해 본 주제에, 그렇게 징징대는 것도 꼴사나워 보여! 네 말대로 비교당한 설움에 저주 스티커를 붙였다고 치자. 그러면 네가 불쌍하다고 동정이라도 받을 것 같아? 형이 죽길 바라는 동생을 누가 이해하겠어? 너 보니까 나는 너 같은 무서운 동생이 없어서 참 다행인 것 같다."

"그게 아냐! 사실 나도 무서워. 나도 형이 죽을까 봐 겁난다고! 내가 왜 형이 죽기를 바라겠어? 나는 그냥…… 형이 잠깐 눈앞에서 사라졌으면 했던 거지, 죽기를 바란 게 아니야. 잠깐 관심받고 싶었던 것뿐인데……. 어떻게 해야 할지 모르겠어……. 스티커를 붙이면 형이 잠깐 사라진다고 했지, 죽을 거라고는 안 했단 말이야. ……어떻게 해. 나 때문에 형이, 형이 죽으면 어떻게 해?"

동생이 주저앉아 울었다. 얼굴을 가린 채 눈물을 펑펑 쏟는 모습을 나는 무표정하게 내려다봤다. 동생이 그 사람에게 오히려 속았다는 건 알겠다. 그렇다고 동생을 달래 주고 싶은 마음은 없다. 울음을 그칠 때까지 기다려 줄 마음도 없다. 나는 동생의 어깨를 꽉 잡고 눈물을 줄줄 흘리는 얼굴을 바라봤다. 동생이 내 표정을 보고 흠칫 어깨를 떨었다.

"누구야, 네가 말한 그 사람이."

동생이 내 손아귀에서 벗어나려고 어깨를 비틀자 나는 더욱 힘주어 붙잡았다. 동생의 입에서 더듬더듬 그 사람에 관한 정보가 흘러나왔다. 공원에서 만난 가면을 쓴 남자가 저주 스티커를 주었다고.

죽기를
바라는 마음

학교가 끝나면 소우주와 함께 공원을 어슬렁거리는 게 일과가 되었다. 동생이 말한 가면을 쓴 남자는 저주의 신이 아니었다. 한순간 저주의 신이 저주 스티커까지 나눠 주고 다니나, 귀를 의심했으나 뒤이은 설명으로 보아 사람이 확실했다.

그 사람은 얼굴을 포함해 머리까지 딱 맞게 가리는 특수한 형태로 된 가면을 쓰고 있었다고 한다. 눈밖에 보이지 않는 가면이 가로등에 노출되자 빛을 반사해서 처음에는 철인 줄 알았는데 재질은 오히려 가벼워 보였단다. 검은 트레이닝복에 검은 운동화, 검은 장갑까지 착용하고 있어 위압감이 엄청났다고 했다.

동생은 가족과 외식하고 돌아오는 길에 혼자 공원에 들렀다가 저주 스티커를 건네받았다. 형이 모의고사에서 또 1등을 한 걸 축하하는 자리였다. 형이 고른 메뉴를 주문했고 대화 주제도 온통 형에 관한 것뿐이었다. 부모님의 웃음이 끊이지 않을수록 공부를 못하는 동생은 괜스레 작아졌다. 늘 그렇듯이 찬밥 신세로 자리만 차지하고 있는 기분이었다고 한다.

식사가 끝난 뒤 형은 학원 앞에서 친구들에 둘러싸여 떠났다. 부모님은 동생에게 형이랑 싸우지 말라고 당부했다. 왜 자신에게만 잘못이 있다는 투로 말하는지 대들다가 결국 부모님 화를 돋우고 말았다. 학원으로 가지 않고 근처 공원에서 땅만 바라보며 혼자 앉아 있었다. 그때 가면을 쓴 남자가 나타났다.

가면을 쓴 남자는 차별받는 모습을 보았다며 말을 걸어왔다. 그러면서 형이 부모님에게 너에 대한 불만을 말하는 걸 보았다고, 알고 있었냐고 물었다. 몰랐다. 형이 뒤에서 자신을 욕하고 있을 줄은. 가면을 쓴 남자는 형이 세상에서 잠시 사라지면 부모님도 온전히 너에게만 애정을 줄 거라고 말했다. 낮고 울림 있는 목소리에서 힘이 느껴졌다. 동생은 그 말에 혹하기는 했으나 남자의 수상한 모습이 무서워 빠져나갈 타이밍을 보고 있었다. 그때 가면을 쓴 남자가 불쑥 스티커를 내밀었다.

"가장 증오하는 사람에게 붙여 봐. 네가 원하는 대로 될 거야."

그 남자는 스티커만 주고 뒤돌아서 걸었다. 동생은 스티커를 쓰레기통에 바로 버렸다. 뒤돌아서는데 문득, 앞에서는 착한 척했던 형이 뒤에서는 자신을 배신하고 있었다는 사실에 불붙은 듯 가슴이 뛰었다. 분노가 일자 분을 삭일 수 없었다. 쓰레기통에 버린 저주 스티커가 자꾸만 눈에 밟혔다. 밑져야 본전이라는 생각이 들었다. 다시 돌아가 스티커를 주웠다. 결과는 나흘 후 형의 투신으로 돌아왔다.

공원은 밤이 되면 인적이 드물었다. 가로등이 있어도 나무 그림자가 진 곳은 발밑도 잘 보이지 않았다. 소우주는 첫날 공원을 둘러본 이후로 가방에 손전등, 살균 티슈, 마스크, 보온병, 우산, 호루라기, 호신용 스프레이, 여분의 바람막이 점퍼, 간식을 챙겨 나왔다. 나는 마요만 챙겼다. 동생이 말한 수상한 남자는 며칠이 지나도 보이지 않고 있었다.

"걔가 거짓말한 건 아니겠지?"

"그럴 수도."

나는 아주머니가 만든 김부각을 먹으며 대답했다. 소우주는 "음, 그럴 수도 있군." 하며 물을 마셨다. 동생이 거짓말한 거라고 해도 지금 할 수 있는 일은 잠복하며 가면 쓴 남자를 기다리는 것뿐이다. 틈틈이 다크웹을 뒤져 보고 있으나 온라인에서 판매한 흔적은 찾지 못했다. 소우주네는 두 권의 파본을 찾아낸 경험을 근거로, 거점이 있다면 반드시 판매 정보가 남는다고 확신했다. 온라인과 오프라인 어느 곳에서도 스티커를 판매하는 정황은 발견되지 않는 것으로 미루어 보아 동생 말대로 그냥 나눠 줬을 거라는 쪽에 무게가 실렸다.

"근데 왜 저주 스티커를 무료로 줬지? 테스트인가?"

소우주가 넌지시 던진 말에 가슴이 뜨끔했다. 나도 테스트를 위해 공원에서 상대를 물색했었다. 다들 비슷한 생각을 하는 건가? 비록 나는 가면으로 얼굴을 가릴 생각까지는 못 하고 몰래 붙이고 말았지만 말이다. 가면을 썼다고 해도 직접 건네준다는 점에서 그 남자는 대범하다. 나라면 떨려서 못 했을 거다. 내가 대답 없이 김부각만 먹자 소우주가 의견을 이어 갔다.

"테스트는 아닐 것 같기도 해. 테스트라면 극상 스티커를 줄 리가 없잖아. 저주 책에는 분명 극상은 죽음을 부른다고 쓰여 있는데. 보통 사람이라면 처음부터 가장 강한 접착력을 가진 스티커는 만들지 않을 거야. 결과를 확인할 수 없으니까. 무차별적인 살인을 할 게 아니라면."

소우주와 내 눈이 마주쳤다. 왜 지금까지 그걸 몰랐을까. 분노에 찬 사람에게 극상 스티커를 줄 이유는 하나밖에 없다.

누군가 죽어도 상관없다는 생각. 물론 의문은 있다. 어차피 무차별적인 죽음을 바란 거라면 직접 아무에게나 붙이면 된다. 왜 다른 사람에게 준 걸까?

"제작자가 스티커를 두 번 붙이면 저주의 신의 노예가 된다는 사실은 널리 퍼져 있어? 저주 책을 가진 사람이 어찌어찌 알 수 있을 만큼?"

"아마도 모를 거야. 우리 집에서도 계약 내용은 비밀이거든."

"왜 비밀로 해?"

"음, 왜냐면…… 스티커 제작자가 저주의 신에게 끌려가면 더 이상 저주 스티커를 만들 수 없으니까. 아, 물론 너는 그런 일을 안 당했으면 해서 말해 준 건데……."

쩔쩔매는 소우주에게 김부각을 하나 건넸다. 의외로 냉정한 원칙이기는 하나 저주를 깨는 입장에서는 스티커 제작자가 사라지면 애초에 스티커가 만들어지지 않을 테니 뗄 필요조차 없는 거다.

김부각을 든 채로 소우주가 여전히 내 눈치를 살피기에 최대한 담담하게 대꾸했다.

"합리적이라고 생각해."

"화난 거 아니야?"

"내 표정은 원래 뚱해. 그보다 가면 쓴 남자가 자기 손으로 스티커를 붙이지 않는 이유는 저주 책을 입수했을 때 이전 주인들이 저주의 신에게 끌려간 사실을 들었기 때문일지도 몰라. 계약 비밀이 새어 나갔거나 직접 그 모습을 봤거나. 아니면 저주 스티커로 사람이 죽었을 때 조사 대상에서 빠지려는 술수일 수도 있고."

"스티커를 붙인 아이가 경찰에 말하면 어차피 수사 대상에 오르잖아."

"아니, 스티커를 붙인 아이는 말하지 않을 거야. 그러면 자기도 벌을 받을 테니까. 만에 하나 자백한다고 해도 경찰이 저주 스티커를 믿어 주겠어?"

그때 공원 광장에 여학생 둘이 나타났다. 한 명이 일방적으로 다른 아이를 다그치고 있었다. 한껏 주눅 든 아이가 지갑에서 지폐를 꺼내 건넸다. 돈을 받은 아이가 주먹을 올리며 뭔가 다짐을 받아 내고 만족한 듯 돌아섰다. 남겨진 아이가 머뭇대며 주머니에서 뭔가를 꺼낸 뒤 돈을 가로챈 아이를 뒤따라가 어깨를 톡톡 두드렸다. 그러곤 뒤를 돌아본 아이에게 돈을 더 건넸다. 돈을 받은 아이는 유유히 발길을 돌렸다.

"봤어? 스티커 붙인 거 맞지?"

"어두워서 확신이 안 가네. 확인하러 가 볼까?"

우리는 공원을 벗어나 돈을 뺏은 아이를 따라갔다. 핸드폰으로 메시지를 보내며 걷는 통에 쉽게 따라잡았다. 역시 어깨에 스티커가 붙어 있었다. 횡단보도에 서자 그림이 선명하게 눈에 들어왔다. 극상 스티커. 그나마 다행인 건 이 스티커도 최정진 선배에게 붙은 것처럼 부정적인 에너지가 바로 폭발하는 종류는 아니었다.

소우주가 내 옆에 바싹 붙어 입을 거의 움직이지 않고 복화술로 말했다.

"저걸 어떻게 제거하지?"

"왜 그렇게 목소리를 낮춰? 누가 듣는다고."

"저걸 만든 사람이 들을 수도 있잖아."

소우주는 의외로 냉철한 면이 있다. 맞다. 가면 쓴 남자가 어딘가에서 지켜볼 수도 있었다. 우리는 남자의 얼굴을 모른다. 또한 스티커를 붙인 아이가 제작자일 수도 있다. 정보가 없을 때는 조심하는 게 상책이다. 언제 저주가 일어날지 알 수 없으나, 우리는 신중하게 접근하는 방법을 강구해 보기로 했다.

돈을 뺏은 아이는 인형 뽑기 기계가 즐비한 가게로 들어가서 한참 인형을 뽑았다. 실력은 좋지 않은지 매번 허탕이었다. 돈이 다 떨어진 듯 기계를 발로 쾅쾅 차더니 CCTV를 향해 손가락 욕을 해 보였다. 어딘가로 전화를 걸고 편의점에서 컵라면을 먹는다. 슬슬 집으로 돌아갈 시간인 듯 핸드폰을 자꾸 쳐다봤다.

체육 선생님 때는 머리카락에 붙어 있었고 워낙 정신없이 해치우느라 최상 스티커의 접착력을 정확하게 가늠해 보지 못했다. 최정진 선배의 동생과 옥상에서 내려온 뒤 중환자실 보안 요원에게 사정사정해 다시 병실에 들어갔을 때는 소우주가 최정진 선배 손등에서 극상 스티커를 떼어 냈다. 소우주는 얼굴이 벌게진 채 전력으로 힘을 써야 했다. 스티커를 겨우 손에 쥔 소우주는 곧 병상에 누울 듯 숨을 헐떡이며 죽을 때까지 떨어지지 않는다는 말의 의미를 깨달았다고 했다. 극상과 최상의 차이가 있을 테지만, 체육 선생님은 머리카락에 잘못 붙은 바람에 쉽게 떨어진 축에 속한 거였다.

접착력을 고려해 덜컥 손을 뻗어 떼는 방법은 처음부터 포기했다. 힘을 다해야만 뗄 수 있다면 상대의 협조는 필수이다. 하지만 저주 스티커가 보이지 않으니 설명한다고 해도 순순히 협조해 주지 않을 것이다. 게다가 이번에 저주 스티커가 붙은 아이는 지금껏 하는 행동만 봐도 과격하기 그지없다. 억지로 떼어 낸다 해도 나랑 소우주를 만만히 보고 반격해 올 게 뻔했다.

이런저런 방법을 고심했으나 그 아이가 집으로 돌아가기 전에 저주를 깨야 한다는 건 변함없다. 혼자가 되면 저주가 발동했을 때 속수무책으로 당하게 된다. 애가 타는 와중에도 시간은 무심히 흐르고 있었다. 결국 마음이 급해진 소우주와 나는 그 아이가 집에 도착하기 전에 일단 붙잡아 임기응변으로 저주를 깨기로 했다.

돈을 뺏은 아이가 상가로 들어갔다. 우리도 바로 따라 들어갔다. 엘리베이터를 기다리던 그 애가 우리를 흘깃 쳐다봤다. 엘리베이터 안에서 일을 치러야겠군. 각오를 다지며 엘리베이터에 타려는데, 그 아이가 타지 않고 가만히 서 있었다. 순간 멈칫했다. 우리를 쳐다보고 있다. 타지 않으면 이상하게 보일 테지만, 그 애가 타지 않는다면 우리도 탈 이유가 없다. 어색한 분위기 속에서 엘리베이터 문이 다시 닫히는 걸 보는데 그 애가 갑자기 상가 뒷문을 향해 뛰쳐나갔다.

당했다! 우리가 미행하는 걸 알고 냅다 도망친 거다. 우리도 뒤따라 달려갔다. 아이는 상가 뒤에 주차된 차 사이를 요리조리 잘도 피해 뛰더니 어느새 눈앞에서 사라졌다.

"어디로 갔지? 흩어져서 찾아볼까?"

"안 돼. 흩어지는 순간 함정에 빠질 수 있어."

무슨 논리야, 이건? 무슨 함정을 말하는지 입씨름할 틈에

어서 찾는 게 낫겠다 싶었다. 뒷골목을 빙 돌아서 큰길로 나가자 거리가 북적였다. 주변을 둘러보며 허둥대고 있을 때, 웅성대는 사람들 사이에서 좀비처럼 비틀대며 걷는 아이의 뒷모습이 보였다. 그 애는 앞서 걸어오는 사람들을 굳이 피하지 않고 어깨를 툭툭 부딪치며 걷고 있었다. 아뿔싸. 시간이 흐르면서 벌써 저주가 발동했나 보다. 부딪힌 사람들이 화를 내지 않고 슬금슬금 피하는 걸 보니 아무래도 한도윤처럼 눈이 풀려 있는 모양이었다.

아이 앞쪽 사람들은 금세 양 갈래로 갈라졌다. 아무도 아이를 건드리려고 하지 않았다. 정신을 빼앗겼다면 검은 그림자가 곧 덮칠 것이다. 기필코 그 전에 막아야 한다. 숨이 차도록 전력을 다해 달렸다. 소우주는 살집이 있는 주제에 나보다 빨랐다. 소우주 등에서 가방이 통통 튀어올랐다. 저주에 걸린 아이가 방향을 튼 건 바로 그때였다. 보행자용 안전 펜스가 끝나는 지점에서 갑자기 자동차들이 질주하는 도로로 뛰어들었다. 급정지하는 소리가 귀를 찢을 듯이 들려왔다. 불길한 소리에는 새된 비명도 섞여 있었다. 같은 차선에 있던 다른 자동차들도 핸들을 틀고 브레이크를 밟으며 도로가 아수라장이 되었다.

이번에도 소우주가 빨랐다. 자동차가 아이를 치기 전에

간발의 차이로 소우주가 끌어냈다. 숨을 몰아쉬며 인도에 넘어져 있는 두 사람을 향해 다가갔다. 소우주는 아이를 붙잡고 쩔쩔매고 있었다. 그 애는 기어서라도 도로로 가려는 듯 허공에 손을 허우적거렸다. 동공은 기이하게 풀렸고 침을 흘렸다. 어른들의 도움으로 일단 아이를 도로에서 먼 곳으로 데려갔다.

다행히 사고는 나지 않아서 도로도 정상화됐다. 나는 주변을 둘러싼 어른들에게 친구를 잘 데려다주겠다고 안심시키고는 아이를 부축해 일어났다. 몇몇 어른들이 구급차를 부를지 물었지만 이미 부모님에게 전화했다며 급히 자리를 떴다. 다시 상가 뒷거리로 향했다. 아이는 계속 비틀댔다. 같이 부축하고 있는 소우주는 진이 다 빠진 듯 보였다. 인적이 없는 곳에 다다르자 소우주가 털썩 바닥에 주저앉았다.

"괜찮아?"

"있지……. 아까 이 애한테 팔을 뻗었을 때 도로 쪽에서 검은 그림자가 보였어. 검은 그림자가 애를 도로에서 끌어당기고 있었어."

"검은 그림자를 봤다고? 얘를 구할 때 저주 에너지가 너한테 옮아서 보였나?"

기운 내라는 의미로 농담을 던져 봤는데 소우주는 고개를 푹 숙였다.

"사실 나는 애를 붙잡지 못했어. 검은 그림자를 보고 놀라서 나도 모르게 손을 멈췄거든. 그때 검은 그림자가 애를 나한테 떠밀었어. 그래서 살릴 수 있던 거야."

"네가 끌어낸 게 아니라, 검은 그림자가 도와줬다는 말이야? 그럴 리가. 검은 그림자는 저주의 신의 노예인데 널 도울 리가 없잖아. 잘못 본 거 아니야?"

소우주가 작게 한숨을 쉬었다.

"검은 그림자는 진짜 얼굴이 없더라. 사람 모습인데 그냥 검은 형태만 보였어. 내 쪽으로 애를 떠밀고 당황한 듯 머리를 감싸고 웅크리더라고. 그러다가 날 다시 내려다보고는 고개를 끄덕이고 사라졌어……. 있지, 나 그 검은 그림자가 누군지 알 것 같아."

"검은 그림자를 안다고? 그게 누군데?"

"우리 증조할아버지."

소우주의 증조할아버지, 소장한 선생. 그는 가족들에게 저주를 깨라는 유지를 남긴 뒤에 저주 스티커를 자신에게 붙였다고 한다. 두 번째 저주 스티커를 말이다. 저주 스티커를 만들어 재해를 부른 죗값을 받기 위해 스스로 한 선택이었다. 가족들이 모두 모여 그 모습을 지켜보았다.

"증조할아버지를 노예로 끌고 가려고 검은 그림자들이 나타났대. 우리 할아버지는 울면서 말리려고 했는데 검은 안개에 둘러싸여 고개를 드는 것도 쉽지 않으셨다나 봐. 검은 안개의 중심에 가면 쓴 누군가가 있는 걸 얼핏 보았는데 저주의 신이 아니었을까 나중에 생각하셨다더라. 그때는 압도적인 두려움과 공포 때문에 아무 생각도 안 나셨대. 저주의 신이 증조할아버지를 검은 안개에 휘감아 데리고 사라진 다음에도 한동안 움직일 수 없었다더라."

저주 스티커 제작자가 두 번째로 스티커를 붙이면 검은 그림자가 되어 저주의 신의 노예로 살아간다. 그걸 알면서도 소장한 선생은 스스로 감옥에 갇히는 선택을 했다. 다른 선택지는 정말 없었을까? 나도 저주 제작자이기에, 한때는 그처럼 부자로 살 꿈에 부풀어 있었기에 가슴이 답답했다.

"너희 증조할아버지는 어떤 스티커를 자신한테 붙이셨어?"

"가장 고통스러운 죽음을 맞는 극상 스티커."

검은 그림자가 된 것과 죽음을 맞는 건 별개이다. 그러니 소장한 선생이 검은 그림자에서 벗어난다고 해도 고통스러운 죽음이 기다리고 있을 거다. 어쩌면 그렇게까지 자신을 몰아붙였기에 후손들도 유지를 받들 수밖에 없었을지도 모른다.

"그림자여도 체형이나 자세 같은 건 드러나기 마련이잖아. 아까 본 검은 그림자는 할아버지가 그린 그림에서 늘 봤던 자세였어. 게다가 내게 고갯짓까지 한 걸 보면 증조할아버지일 것 같아."

소우주는 증조할아버지를 만나 뵌 적이 없지만 할아버지가 그린 그날의 그림을 통해 증조할아버지를 기억하고 있었다. 저주의 신에게 붙들려 가며 온몸을 휘감는 두려움에 머리를 감싸 안고 잔뜩 웅크린 모습으로. 조금 전 보았던 검은 그림자도 같은 자세로 소우주를 보았다. 자신의 유지를 지켜 내기 위해 열심히 노력하는 증손자를 아이러니하게도 제 손으로 망치고 있는 게 소장한 선생은 두려웠던 모양이다.

"증조할아버지는 역시 검은 그림자가 되신 거겠지. 계약대로 노예가 되었을 테니."

"그래도 이번에 널 도와주셨잖아."

"그게 걱정이야. 증조할아버지가 도와주신 걸 알면 저주의 신이 가만 안 둘까 봐. 명령을 거역한 거잖아."

"모르긴 몰라도 너희 증조할아버지는 자신의 신념과 반하는 일을 하는 게 더 고통스러우실걸. 신념이 있어서 스스로 노예가 되셨으니 아마도 널 도운 걸 후회하지는 않으실 거야.

고개를 끄덕인 게 그 증거고. 그러니까 증손자인 너도 아까 일을 자랑스럽게 생각해. 증조할아버지 덕분에 한 생명을 구한 거잖아. 비록 인형 뽑기는 엄청 못 하는 애지만."

소우주가 피식 웃더니 엉덩이를 털고 일어났다. 살균 티슈로 손을 닦아 내는 표정이 조금 전보다 가벼워 보였다.

"이제 저주를 깨 주자."

내가 아이의 어깨를 붙잡고 소우주가 저주 스티커를 끙끙대며 떼어 내고 있을 때 우리 뒤에서 발소리가 들려왔다. 돌아보니 저주 스티커를 붙였던 아이가 서 있었다.

"그거 떼지 마요. 떼면 걔가 나한테 복수할 거예요."

"이게 뭔지 알고 있지? 계속 붙여 두면 이 아이는 자기 의지와 상관없이 또다시 죽으려고 할 거야."

"그러면 안 돼요? 걔는 죽어도 싸요. 죽는대도 아무도 안 슬퍼할걸요."

"세상에 목숨을 잃어 마땅한 사람은 없어."

아이가 고개를 숙이고 있었다. 어깨를 들썩이더니 돌연 소우주를 향해 울부짖었다.

"걔한테 당해 보지 않았잖아요! 매일 괴롭힘 당한 적 없잖아요. 비참하게 그러지 말라고 빌어 본 적 없잖아요. 괴롭힘에 지쳐 죽고 싶은 기분이 뭔지 모르잖아요. 그런 것도 모르면서 왜 함부로 말해요? 왜……. 왜 그딴 애를 죽게 내버려두지 않았어요?"

돈을 뺏긴 아이는 울면서 손등으로 눈두덩이를 연신 훔쳤다. 그러자 앞머리로 가리고 있던 흉터가 드러났다. 돈만 갈취당한 것이 아니었다. 석 달 전, 돈을 뺏은 아이가 우는 아이의 머리에 네일 리무버를 쏟은 뒤 불을 붙였다. 네일 리무버에 불이 붙는지 궁금하다는 이유에서였다. 네일 리무버는 인화성이 매우 높은 아세톤으로 이루어져 있다. 그로 인해 이마와 목에 화상을 입었다.

학폭으로 징계를 받은 그 아이는 그때부터 돈을 달라고 은근히 불러내기 시작했다. 징계를 받은 정신적인 피해 보상이라는 명목이었다. 돈이 없으면 때렸다. 끝나지 않는 악몽이 잠들 때까지 이어졌다.

스티커를 붙인 아이도 가면 쓴 남자에게서 저주 스티커를 받았다. 우리가 잠복하던 공원의 반대편에서였다. 그날도 괴롭힘을 당했고 공원을 가로질러 가고 있었다. 그때 가면을 쓴 남자가 나타났다. 언제까지 괴롭힘을 당하고 살 거냐며 증오심을 자극했다.

며칠을 고민하다가 더는 참지 못하고 저주 스티커를 붙였다. 정말 저주가 일어나는지 지켜보려고 했다. 그런데 중간에 우리가 끼어들었다. 우리의 뒤를 쫓으며 도로에서 가해자를 구해 내는 걸 보았을 때 세상이 원망스러웠다. 왜 세상은 내 편이 되어 주지 않는 걸까? 내가 뭘 그리 잘못했다고. 이제 저주할 기회를 잃었으니 다시 가혹한 상황이 반복될 것이다.

앞으로 당하게 될 보복을 두려워하며 떠는 아이에게 뭐라고 말해 줘야 할지 모르겠다. 내가 평소에 주변에서 들었던 대로 말하면 될까? 너만 그런 일을 당한 건 아니야, 왜 유난스럽게 굴어? 다들 미워하고, 싫어하고, 증오하는 사람 한 명쯤은 있어. 견뎌 봐. 참아 봐. 힘내 봐. 시간이 지나면 이 괴로운 상황도 끝날 거야…….

그런 말은 못 하겠다. 견뎌 내면 좋아질 거라고 장담하지 못하겠으니까. 마음 같아서는 강도가 낮은 저주 스티커를 여러 장 만들어 주고 싶다. 하지만 한번 붙이고 나면 더 강력한 저주를 다른 사람에게도 하고 싶어질 것이다. 게다가 나는 더이상 저주 스티커를 만들지 않겠다고 다짐했다.

"너를 지키는 방법이 저주밖에 없었어?"

내가 망설이는 사이, 뜻밖에도 소우주가 앞으로 나섰다. 아이는 울면서도 억울하다는 듯 소우주를 쳐다봤다.

"아무도 안 도와준다고요! 나는 정말 죽겠는데…….''

"네가 당한 일을 폄하하는 거 아니야. 죽고 싶을 만큼 괴로웠을 거라고 생각해. 근데 이 아이가 사라지면 모든 게 해결될까? 앞으로도 널 힘들게 하고 괴롭게 만드는 사람은 언제든 또 생길 수 있어. 그때마다 저주 스티커를 붙일 거야? 내 눈앞에서 사라지라고 빌면서?"

"그나마 저주 스티커가 있어서 희망이 있었던 거예요. 그런 것도 없이 내가 뭘 할 수 있는데요?"

"부딪쳐야지. 부딪쳐도 깨지지 않도록 널 단단하게 만들어야지. 지금은 이 아이가 입김만 불어도 날아가게 생겼잖아. 네가 널 지켜 줘. 땅에 딛고 선 두 다리에 힘주고 눈에도, 가슴에도, 손가락에도 힘을 빡 주고 계속 널 지켜 내는 거야. 널 욕하고, 때리고, 힘들게 하는 아이들에게 지지 않는 모습을 보여 주는 거야. 처음에는 힘들 수 있어. 하지만 갈수록 나아질 거야. 약속해. 오늘부터 널 지켜 내는 연습을 하면 시간이 지나 네 앞에 어떤 멍청이가 나타나도 너는 깨지지 않을 수 있어."

아, 그렇구나. 지켜 줘야 하는 거였구나. 마음이 부서지려고 할 때, 나쁜 마음이 날 잡아먹으려고 할 때, 내가 날 지켜 줘야 했구나. 내가 날 지켜 주지 못해서 나는 저주 스티커를 만들었던 거구나.

울고 있는 아이의 얼굴 위로 나의 과거가 겹쳐 보였다. 그때 누군가 손을 내밀어 줬다면 나는 지금 달라졌을까? 안타깝게도 내 앞에 내밀어진 건 저주 스티커였고, 나는 남을 해하는 일에 손을 보태며 나 자신도 상처 주고 말았다. 같은 실수를 반복해서는 안 된다. 그러니까 이번엔 이 아이의 손에 저주가 아닌, 다른 무언가를 쥐여 줘야 한다.

"자, 이거 받아."

소우주가 노란색 뜨개실로 만든 키링을 내밀었다. 얼결에 아이가 받자 열어 보라고 재촉했다. 스마일 얼굴을 한 키링 안에는 반듯하게 접은 쪽지가 들어 있었다.

"우리 아빠가 열고 있는 뜨개질 모임 주소야. 뜨개질도 알려 주고 맛있는 점심도 줘. 다 무료야."

뜬금없이 뜨개질 모임 홍보인가 싶었는데 쪽지 밑에는 '혼자가 아니야'라는 글이 적혀 있었다.

"너처럼 스티커를 붙이려던 분들이 배우러 오셔. 다들 상처가 있지만 뜨개질하고 이야기 나누면서 함께 극복해 가고 있어. 자신을 지켜 내는 노력은 끊임없이 해야 하는 거라 혼자보다는 함께할 때 덜 힘들거든. 오래 다닌 분들은 멘토 역할도 하고 있으니 분명 도움이 될 거야. 무엇보다 우리 아빠가 뜨개질보다 요리를 더 잘하시는 편이라 어느 맛집 못지않게 맛있는 밥도 먹을 수 있어. 아, 맞다. 저녁은 먹었어? 김부각 먹을래?"

 가방을 뒤져 김부각을 내밀자 아이가 얼떨떨하게 내려다보았다. 그러고는 이윽고 웃음을 터뜨렸다. 손에서 노란 스마일이 달랑달랑 흔들렸다. 쪽지를 다시 접어 키링 안에 넣고 그걸 가방에 다는 아이를 보니 이미 그 애의 손에 들린 것이 무엇인지 알 것 같았다. 그건 희망이었다.

가면 속 얼굴

소우주 집 식탁에 둘러앉아 저녁을 먹었다. 아저씨는 보기만 해도 건강해질 것 같은 요리로 식탁을 꽉 채웠다. 처음에는 고기로 된 반찬 하나 없는 식탁에 거부감이 들었지만 점점 채소 반찬이 맛있어졌다. 이제는 저녁을 먹자는 말을 들으면 기대가 된다. 소우주는 언제나처럼 감사 인사를 드리고 부모님이 먼저 식사를 시작하신 뒤에야 숟가락을 들었다. 학교에서 배웠던 예절인데 실제로 써먹어 보기는 여기서 처음이다.

소우주 부모님도 내가 스티커 제작자였다는 사실을 알고 있다. 그러나 한 번도 내게 그 상황에 관해 묻거나 파본을 달라고 하지 않는다. 여전히 기회를 주고 있는 걸까. 아직 내가 가지고 있기는 하지만 저주 책과 칠보 볼펜은 엄연히 엄마

것이라 고민된다. 중간고사 결과만으로도 엄마에게 점수를 잔뜩 잃었으니까. 또다시 기말고사도 다가오고 있고, 거기에 연구품을 빼돌렸던 것까지 발각되면 이번에야말로 진짜 발굴한 무덤에 날 묻어 버릴지도 모른다.

"가면 쓴 남자를 만나면 절대 먼저 나서지 마. 실제로 공원에 나타나는지만 확인하고 바로 돌아오는 거야."

잠복하러 가는 소우주와 나를 붙잡고 아주머니가 몇 번이나 당부했다. 나였으면 귀를 후비며 매번 같은 잔소리 좀 그만하라고 퉁명스럽게 대꾸했을 텐데 소우주는 걱정하지 말라고 웃으며 새끼손가락을 걸었다. 어린애들이나 부모님과 하는 일인데 왠지 약간 부러웠다. 아주머니가 소우주를 안아 준 뒤 나까지 살갑게 끌어안았다. 아저씨는 내게 하이파이브를 했다. 이런 행동들이 내가 이 집에 받아들여지고 있다는 느낌을 들게 하는 것 같다. 소우주네 인사법으로 온기를 나눈 뒤 집을 나섰다.

늘 그랬듯 우리는 공원으로 들어갔다. 최근에는 공원에서 스티커를 받은 아이들이 늘어나고 있다. 보는 족족 따라붙어 스티커를 수거했지만 가면 쓴 남자는 아직 만나지 못했다. 공원이 매우 커서 가면 쓴 남자가 여러 곳에서 활동하기 때문일 거다. 그래서 광장에 죽치고 앉아 기다리지 않고 매일 구획을 정해 찬찬히 둘러보았다. 오늘도 나무에서 내려온 밤그림자가 흔들리고 있다.

소우주와 나는 산책길을 걸으며 가면 쓴 남자가 어떤 기준으로 아이들에게 접근하는지 추측해 보았다. 타깃을 정확하게 특정하고 움직인다는 대목까지는 쉽게 의견 일치를 보았으나 어떻게 자신이 준 저주 스티커를 버리지 않고 붙일 거라고 확신하는가에 이르면 우리는 말문을 닫고 먼 데를 바라봤다. 거기에 정답이 적혀 있을 것처럼. 지금까지는 가면 쓴 남자에게 정보원이 있을 거라는 의견이 가장 유력했다. 정보원이 공범인지, 아니면 단순히 정보 제공자인지에 대한 문제로 넘어가면 다시 입을 꾹 다물었지만.

"스티커를 주고 그 사람이 얻는 게 진짜 무차별적인 죽음일지는 아직 확신이 안 서. 세상에 그런 나쁜 놈이 있다면 교도소에 가야 하는데, 거리에 활개 치고 다닌다는 것도 무섭고."

소우주는 연쇄 살인범이라도 상상하고 있는지 어깨를 부르르 떨었다.

"최정진 선배 동생이나 상가 뒤에서 만난 아이에게 가면 쓴 남자가 다시 접근하지 않은 걸 보면, 결과가 어떻든 상관하지 않거나 결과를 이미 알고 있다는 게 되잖아. 만약 결과와 상관없이 움직이는 거라면 이유는 의외로 단순할 수도 있어. 가장 강력한 저주 스티커를 남발하고, 그중 몇 개라도 얻어 걸려서 저주가 일어나면 된다는 거지."

실제로 나도 저주가 발동하든 말든 돈만 받으면 된다는 마음이었다. 결과는 상관없었다. 그러나 가면 쓴 남자는 돈이 목적이 아니라는 게 문제였다.

"저주로 얻는 게 대체 뭐지?"

도돌이표 같은 질문이나 주고받고 있을 때 멀리서 새된 목소리가 들렸다.

"정말 이걸로 걔가 내 눈앞에서 사라진다고요?"

소우주와 나는 자리에 우뚝 멈춰 섰다. 우리가 상대 목소리를 들었다면 저쪽에서도 우리 인기척을 눈치챘을 수 있다. 우리는 숨을 죽인 채 조용히 주저앉아 대화에 귀를 기울였다.

"궁금하면 한번 붙여 봐. 그건 너한테만 보이는 거니 붙인다고 손해 볼 게 없지."

중저음의 목소리가 뒤이어 들려왔다. 대화가 이어지는 걸 보니 다행히 우리는 들키지 않은 모양이다.

"근데 아저씨는 왜 가면을 쓰고 있어요? 되게 수상해 보이는데."

아무래도 가면 쓴 남자를 찾은 것 같다. 소우주 부모님은 가면 쓴 남자를 만나도 절대 먼저 나서지 말고 같이 움직이자고 다짐을 놨다.

하지만 그건 어른들 생각이고, 소우주와 내 생각은 조금 달랐다. 공원에서 죽치며 잠복하다 보니, 남자를 그냥 보낸다면 언제 다시 만날지 기약할 수 없다는 걸 깨달았다. 공원에서 또다시 시간을 흘려보내는 동안에도 저주 스티커는 누군가의 손에 쥐어질 것이다. 그래서 소우주와 나는 사전에 약속했다. 가면 쓴 남자를 찾게 되면 나는 남자의 뒤를 미행하고, 소우주는 아이를 따라가 스티커를 받아 내기로.

이날을 위해 우리는 서로의 핸드폰에 위치 추적 앱까지 깔아 두었다. 영화에서처럼 핸드폰 진동음이나 벨소리로 위치가 발각될지 몰라서 소리도 무음으로 설정해 뒀다. 암호도 만들었다. 먼저 목적을 달성하면 '숙제 다 했어'라고 메시지를 보내기로 했다. '숙제했어?'는 넌 어찌 되어 가는냐는 뜻이고, '문제 푸는 중'은 아직 따라가는 중이라는 뜻이다. '문제가 어렵다'는 일이 잘못되어 간다, 혹은 발각되기 직전이라는 의미다. 문제가 어렵다고 말한 뒤 30분 이상 답장이 없으면 소우주네 부모님과 경찰에 연락한 뒤 공유한 위치로 따라가기로 했다.

마침내 가면 쓴 남자와 아이가 헤어졌다. 우리는 서로에게 고개를 끄덕이고 자세를 낮춘 채 각자 맡은 사람 뒤를 따라갔다. 남자는 산책로로 막 들어선 참이다. 밤으로 접어든 공원은 고요했다. 어쩌면 내 발소리가 들릴지도 모른다고 생각하자 손에 땀이 났다. 주머니 속에 넣어 둔 마요가 오늘따라 더 묵직하게 느껴졌다. 어깨가 절로 수그러졌다. 아! 힘들어. 왜 이리 무거운 거야? 예사 무게감이 아니다. 마치 바위를 들고 움직이는 것 같다. 나는 결국 걸음이 더뎌졌고, 가면 쓴 남자와 거리가 벌어졌다. 숨을 고를 겸 커다란 나무 뒤에서 주저앉았다.

그때 가로등을 지나던 남자가 뒤를 홱 돌아봤다. 가면이 불빛을 받아 오롯이 드러났다. 견고한 검은 가면이다. 굴곡이 있었지만 눈을 뺀 얼굴 전체를 가리고 있어 생김새가 가늠되지 않았다. 최정진 선배 동생 말대로 가면이 특수 재질인지 머리까지 뒤집어쓴 모양새인데도 위화감은 없었다. 다만 눈동자에는 서늘함이 깃들어 냉정해 보였다. 남자는 경계하듯 내가 조금 전까지 서 있던 자리를 바라봤다. 나는 고개를 더욱 수그렸다.

만약 계속 빠르게 걸었다면 중간에 숨을 만한 곳이 없어서 금세 들키고 말았을 것이다. 남자의 시선이 비껴가자 마요가 다시 가벼워진 듯했다. 마요가 도와준 건가? 역시 나의 수호 정령이구나. 나는 둥근 돌멩이를 꼭 쥐고 일어났다.

　앞쪽에서 목소리가 들렸다. 공원을 산책하는 사람들인 것 같았다. 남자가 천천히 가면을 벗어 트레이닝복 주머니에 넣는 게 보였다. 뒤에 있는 내게는 여전히 얼굴이 보이지 않았다. 남자가 가면 대신 꺼낸 야구모자를 눌러쓰고 조깅하듯 가볍게 달리기 시작했다. 맞은 편에서 오던 사람들이 특별한 반응이 없는 걸로 보아 가면을 벗은 모습은 평범한 듯했다.

　가면을 쓴 남자가 달리는 바람에 또다시 거리가 벌어졌다. 미행이라는 게 생각만큼 쉽지 않다. 발각될까 봐 소리 하나하나에 집중하다 보면 어느새 타깃을 놓치고 만다. 소우주는 벌써 '숙제 다 했다'라며 자랑하고 있었다. 이렇게 고생할 줄 알았으면 역할을 바꾸는 건데. 괜히 남자의 정체를 먼저 밝혀내겠다고 욕심을 부렸다. 문제 푸는 중이라고 후다닥 메시지를 보낸 뒤 발걸음에 힘을 줬다.

　다행히 공원 출입구와 인도가 연결되는 지점에서 남자가 조깅을 멈췄다. 공원 뒤 고층 맨션과 연결된 출입구였다. 남자가 서슴없이 맨션으로 향했다. 외부인의 출입을 막기 위해 유리 담으로 두른 맨션 출입구를 경비원이 지키고 있었다. 경비원이 남자를 향해 인사하며 정문을 열어 주었다. 그제야 남자가 야구모자를 벗었다. 그러고는 경비원의 어깨를 두드려 주며 흰 봉투를 건넸다. 그 틈에 멀끔한 얼굴이 정면으로 보였다.

가면 속 얼굴은 내가 아는 사람이었다. 얼마 전 폭풍이 휩쓴 지역을 방문해 재난 구호 용품을 나눠 주며 뉴스에 나왔던 사람. 재난 용품 판매 기업 지도반의 대표 반만해였다.

가면 쓴 남자의 정체가 반만해 대표였다는 사실이 밝혀진 뒤로 나는 학교가 끝나면 소우주와 함께 지도반 주변을 어슬렁거렸다. 물론 잃어버린 사원증이라도 있을까 맴돌다가 허탕 치고 돌아가기 바빴지만.

소우주네 부모님은 우리가 학교에 있는 동안 지도반과 반만해 대표에 관해 조사했다. 지도반이 성장 가도를 달리는 상장 기업이고 재난 용품에 대한 호감도 높아 별다른 문제점을 발견하지 못할 줄 알았던 예측은 보기 좋게 비껴갔다.

뉴스에서 이재민들에게 구호 용품을 직접 나눠 주며 좋은 일에 앞장서는 듯 치장했던 반만해 대표는 사실 음지에서 각종 문제를 일으켜 구설에 오르는 일이 많은 사람이었다. 거래처 갑질로 신고를 당한 일도 있고 공장 시설을 부실하게 관리해 환경 오염 문제로 조사를 받기도 했다. 직장인들이 사용하는 익명 앱에서는 회사가 저지른 비리를 고발한 직원이 부당 해고를 당한 사건이 화제를 일으키고 있었다. 직원들도 자신들이 다니는 회사가 악덕 기업이라고 인정하고 있을 정도였다.

"외부 이미지와는 차이가 있는 사람이더구나."

아저씨는 조사할수록 양파처럼 문제점이 하나씩 벗겨지는 모습에 화가 난 듯했지만 말은 점잖게 했다. 뜨개질이 취미인 만큼 한 땀 한 땀 코를 뜰 때마다 번잡스러운 생각을 정리하며 평정심을 유지하는 방법을 익힌 것 같았다.

조사에 의하면 반만해는 낮에 회사에 출근했다가 몇 시간 만에 퇴근했다. 출근 후에도 꼭 한두 시간은 대표실 문을 걸어 잠그고 있는데, 그 안에서 뭘 하는지는 비서진도 임원진도 모른단다. 회사 대표의 일상이라기에는 무책임해 보였는데도 최근 자연재해가 빈번해지며 매출은 최고점을 찍고 있었다. 회사에 출근하지 않는 날은 골프를 치러 가거나 명품 쇼핑을 하거나 술을 마셨다. 단골로 드나드는 고급 양복집에서 트레이닝복도 맞춘 모양이었다. 어쩐지 가면이 주머니에 쏙 들어가더라니. 아직 가면 제작처는 찾지 못했으나 이 정도면 철저하게 준비한 뒤 저주 스티커를 나눠 준 거였다.

밤에는 주로 학원가로 외출했다. 고급 승용차를 타고 지방으로 갈 때도 학원가를 위주로 움직였다. 학원에서 나오는 아이들을 지켜보다가 타깃을 정하는 듯 보였다고 한다. 아이들은 감정 기복이 크고 쉽게 표출하기에 분노하거나 주눅 들어 있는 모습이 눈에 잘 띄었다. 어른에 비해 경계심이 낮은 데다, 감정적으로 흥분한 상태였기 때문에 수상한 물건을 받아도 신고하기보다 일단 스티커를 붙여 볼 확률이 높았다. 약점이 있는 아이라면 더욱.

반만해는 조심성이 커서 한 번에 접근하지 않았다고 한다. 자신이 확신이 들 때까지 타깃을 지켜본 후 혼자 있을 때 접근했다. 골목에서, 거리에서, 공원에서, 상가에서 아이들은 저주 스티커를 받았다.

특히 반만해가 사는 맨션 뒤 공원은 하교하는 아이들이 많이 지나가는 곳이라 그곳에서 스티커를 거의 뿌려 대고 있는 듯했다. 이 일을 언제부터 시작했는지는 모른다. 최소 삼사일꼴로 저주 스티커를 나눠 줬다고 계산해도 희생자 수가 엄청날 거다.

"너희 생각은 어떠니? 반만해가 왜 저주 스티커를 아이들에게 나눠 줬을 것 같아?"

소우주네 가족에게는 인사법 말고도 여러 규칙이 있었는데 그중 하나가 묻고 답하는 것이다. 생각은 할수록 깊어진다는 아주머니의 철학과 맞닿아 '문답 시간'이 생긴 것 같았다.

나와 달리 소우주는 어릴 때부터 하던 습관이라 어떤 질문에도 막힘없이 대답했다.

"접착력이 강한 극상 스티커는 부정적인 에너지가 크게 쌓여요. 더욱이 목숨을 빼앗는 스티커는 부정적인 에너지가 바로 폭발하지 않아서, 부정적 에너지를 많이 모으는 데 아주 좋죠. 아마도 반만해 대표는 에너지가 쌓였다가 폭발하면 더 큰 재해가 일어난다는 걸 알고 있을 거예요. 자연재해가 크게 일어나면 재난 용품이 많이 판매되니까 그런 일을 저질렀겠죠."

이 정도면 대학 면접도 통과할 수 있겠다. 나는 감탄하며 소우주를 바라봤다. 아주머니도 흡족해하는 표정이었다.

"그렇지. 반만해가 취임한 뒤로 지도반의 매출이 부쩍 높아졌어. 물론 자연재해가 일어난 빈도도 잦아졌지. 재난을 일으켜 부를 축적하려는 목적이 있으니 가장 강력한 저주 스티커를 나눠줬을 거야. 하지만 저주 스티커를 만드는 일에는 많은 에너지가 소모돼. 게다가 타깃이 되는 사람들을 찾아내고 손수 건네주는 일도 번거롭지. 자칫 자신의 정체가 탄로 날 수도 있어. 그런데도 왜 위험을 감수하며 직접 저주 스티커를 나눠 주는 일을 벌였을지, 시루는 알겠니?"

어깨가 움찔했다. 대답을 제대로 못 해도 한심하다는 듯 쳐다보는 시선은 받지 않을 거다. 오히려 따뜻한 배려로 대답을 이어 갈 수 있도록 이끌어 줄 것이다. 그래도 이왕이면 한 번에 정답을 말하고 싶다는 생각에 가슴이 콩닥거렸다.

"주변 사람을 못 믿어서요."

아저씨가 흥미로운 듯 상체를 내밀었다.

"주변 사람을 못 믿는다고 가정한 이유가 있니?"

"재력이 있으니 마음만 먹으면 누구나 부릴 수 있었을 거예요. 하다못해 다크웹을 통해서 심부름꾼을 쓸 수도 있었을 테죠. 그런데도 직접 나선 건 저주 스티커의 힘을 깨달은 누군가가 자신을 해할지도 모른다고 의심했기 때문일 거예요. 자신의 일을 돕는 이가 업체든, 개인이든 일이 지속될수록 저주 스티커의 힘에 관해 눈치챌 확률이 커지니까요. 저주 스티커를 빌미로 반만해 대표를 협박할 수도 있고, 협박이 통하지 않을 경우 역으로 스티커를 몰래 반만해 대표에게 붙일 수도 있어요. 스티커를 어떻게 빼돌릴지 통제할 수 없으니 시간이 지날수록 불안은 커질 테고요.

반만해 대표는 스티커가 통제 범위를 벗어나는 걸 경계한 게 아닐까 싶어요. 인간의 마음이 통제 범위 밖이니까요. 그렇다면 스티커를 준 아이를 다시 만나러 가지 않은 것도 이해가 돼요. 일단 스티커를 가진 사람은 믿지 못하겠죠."

아주머니가 고개를 끄덕였다.

"맞아. 재력은 가졌으나 신뢰는 갖지 못한 거야. 생명과 자연, 사회를 부수며 취하는 부가 그를 오히려 가난한 사람으로 만들고 있는 거지."

"시루 말을 듣다 보니 떠오른 건데, 반만해가 어떤 기준을 거친 뒤에 타깃을 정한다고 했잖아. 그거야말로 심부름꾼을 통해 정보를 얻는다는 증거 아닐까? 심부름꾼이 타깃 정보를 수집하고 스티커를 사용할 만한 상황이라고 판단될 때 반만해가 움직이는 거지. 심부름꾼은 스티커를 직접 가지고 있지 않으니 타깃을 만날 장소나 CCTV가 없는 동선 등을 조사했을 것 같아."

아저씨의 말을 듣고 다크웹으로 심부름꾼을 모집한 사례가 있는지 찾아봐야겠다고 생각했다. 그날은 그 정도로 회의를 마치고 언제나처럼 다 같이 저녁을 먹었다. 새로 만든 반찬이라며 아주머니가 내게 백김치를 밀어 줬다. 아삭하고 시원했다. 아저씨가 본인이 부친 녹두전이랑 같이 먹어 보라고 권했다. 아저씨 말이 끝나기도 전에 소우주가 녹두전을 내 앞 접시에 놓아 주었다. 마음이 풍족한 소우주 가족은 언제나 행복해 보인다. 여유가 넘치고 함께 있으면 포근한 기분이 든다. 반만해도 가족과 함께 있을 때 행복하다고 생각할까.

볼록하게 나온 배를 두드리며 막 씻은 살구를 거실로 들고 가는데 벽에 생긴 거무스름한 줄이 눈에 들어왔다. 가까이 다가가서 보니 개미가 벽을 타고 내려와 밖으로 나가고 있었다. 한참을 들여다보는데 설거지를 마친 소우주가 다가왔다.

"뭐 해?"

"너희 집 개미들 이사 간다."

바닥을 내려다본 소우주가 곧바로 비명을 지르듯 부모님을 불렀다.

"큰일 났어요. 여기 와 보세요!"

소우주 부모님이 부엌에서 급히 나왔다. 개미가 줄지어 이동하는 걸 본 뒤 현관문을 다급하게 열고 밖으로 뛰쳐나갔다. 뒤따라 나가 보니 어느새 어두워진 하늘이 파도처럼 물결치는 듯한 이상한 먹구름으로 온통 뒤덮여 있었다.

"악마 구름이야."

소우주가 구름을 올려다보며 혼잣말처럼 말했다. 새들이 거친 물결구름 아래를 원을 그리듯 돌며 큰 울음을 내고 있었다. 소우주 가족의 얼굴도 밤하늘만큼 어두워졌다.

"곧 큰 지진이 올 거야."

갑자기 하늘에서 푸른 빛의 섬광이 번쩍였다. 하늘을 가른 커다란 빛에 이어 바람이 강하게 불어왔다. 괴물이 으르렁거리는 것처럼 귀청이 찢어질 듯한 소리가 들리더니 다시 마른번개가 쳤다.

"들어가자. 어서 피해야 해."

현관에서 신발을 벗으려는데 아주머니가 말렸다.

"발을 다칠 수 있으니 신고 있어."

아주머니는 현관문이 닫히지 않도록 큰 화분을 끌어와 괴어 놓고 가스를 잠갔다. 소우주는 비상용 가방을 메고 나온 뒤 아저씨가 거실에 먼진 테이블을 설치할 수 있도록 주변을 정리하기 시작했다. 아주머니가 안전모를 모두에게 나눠 줬다.

"집에 연락드렸니? 대피하시라고 전화드려."

"저기, 이게 대체 무슨······."

"저 구름은 종말의 전조로 불린다는 구름이야. 큰 재해 전에 보여. 새랑 개미가 이동하는 걸 보니 지진이 곧 시작될 것 같다. 부모님께 지진에 대비하시라고 말씀드려. 넌 안전하게 있을 거라고 안심시켜 드리고."

나는 주머니에서 핸드폰을 찾았다. 없다. 가방에 넣어 둔 걸 깜박했다. 가방은 부엌 식탁 의자 밑에 있었다. 부엌으로 가서 가방을 열고 핸드폰을 꺼냈다. 통화 목록을 뒤적여 엄마에게 전화를 걸려던 찰나, 진동이 느껴졌다. 몸이 휘청거렸다. 식탁을 잡으려는데 식탁 위에 올려 둔 접시들이 미끄럼틀을 타듯 바닥으로 떨어졌다.

"피해!"

아저씨의 외침에 소우주와 아주머니가 재빠르게 면진 테이블 밑으로 들어갔다. 나도 그쪽으로 가려고 발을 떼는 순간 힘이 빠지며 다리가 비틀거렸다. 진동 때문에 땅이 흔들려서 중심 잡기가 어려웠다. 창이 깨지고 천장에 걸린 조명이 떨어졌다.

아빠는 늘 말씀하셨다. 재해가 닥치면 하던 일을 멈추고 즉각 안전한 장소로 대피하라고. 귀가 따갑게 들었던 그 말을 어째서 오늘 잊고 말았을까. 가방만 들고 면진 테이블로 갔더라면, 굳이 핸드폰 통화 목록을 뒤적이지 않았더라면 좋았을 걸. 이미 늦어 버렸다.

정전이 일어났다. 머리를 감싸며 주저앉으려는데 어느새 아저씨가 내 앞에 있었다. 아저씨가 나를 끌고 거실로 뛰었다. 날 꽉 잡은 아저씨의 손에 힘이 들어가 있었다. 거실과 부엌 사이가 나라를 건너는 것만큼 멀다고 느껴질 때쯤, 면진 테이블 밑에서 소우주가 손을 내밀었다.

내가 안전하게 안으로 들어가자마자 벽이 무너지며 천장이 내려앉았다. 테이블 위로 쏟아지는 천장 잔해에서 굉음이 들려왔다. 시멘트 조각이 튀어 오르며 몸을 때렸다. 그 와중에 소우주가 내 입에 산소마스크를 씌우고는 등을 감싸 안았다.

흔들림이 멎었다. 질끈 감은 눈을 서서히 떴다. 먼지가 피어올라 주변이 온통 희뿌옇다. 안전모를 쓴 채 콜록거리고 있는 소우주가 제일 먼저 보였다. 아주머니는 벌써 일어나 잔해에 깔린 아저씨를 끌어내고 있었다. 나를 먼저 테이블에 들어가게 한 후 미처 피하지 못한 것이다.

소우주가 눈물이 범벅된 얼굴로 아주머니를 도와서 아저씨를 끌어냈다. 아저씨는 다행히 의식이 있어 어디가 아픈지 알려 주며 가족들을 안심시켰다. 울고 있는 내게도 네 탓이 아니라고 말해 주며 웃으려고 안간힘을 썼다.

여진이 일어날 수 있는 상황이라 우선 집 밖으로 나가기로 했다. 현관문은 뒤틀리기는 했으나 화분으로 고정해 둔 덕에 닫히지 않았다. 아저씨를 부축해 밖으로 나왔다. 하늘의 색이 이상했다. 주변 구조물이 파괴되었고 이웃집들이 무너졌다. 갈라진 지반 사이에 차들이 걸쳐져 있었다. 쓰러진 가로수들이 길을 막았다. 누군가를 찾는 고함을 따라 비명이 넘쳐났다.

집 밖에서 내려다본 도시는 깜깜한 어둠에 잠긴 채 연기가 피어오르고 불길이 곳곳에서 솟구치고 있었다.

세상이 곧 멸망할 듯 보였다.

멸망으로
가기 전

진도 7의 강진이 일어났다. 지진에 내성이 없던 탓에 내진 설계하지 않은 건물들이 큰 피해를 봤다. 사람도 많이 다쳤다. 하루 종일 사이렌이 울리고 병원으로 향하는 차들의 행렬이 이어졌다.

아저씨는 다리에 골절상을 입었다. 병원에는 자리가 없었다. 다른 사람들에 비해 비교적 크지 않은 부상이라 처치 후 곧바로 퇴원하라고 했다. 우리 부모님은 각자의 일터에서 안전하게 대피해 화를 입지 않았다. 내진 설계로 지어진 우리 집도 멀쩡해서 소우주네 가족은 당분간 우리 집에서 지내기로 했다. 딸을 지켜 준 보답으로는 약소하다는 말에 가슴이 뭉클해졌으나 그것도 잠시, 소우주네 가족을 소개하는 과정에서 저주 책과 칠보 볼펜의 쓰임에 관해 부모님도 알게 되었다.

두 분은 각자 다른 이유로 그 어느 때보다 크게 화를 냈다. 아빠는 당연히 스티커로 자연재해가 일어난 것에 분노했다. 내가 인류가 멸망하더라도 동물과 자연은 무사했으면 했던 건 아빠의 영향을 받아서였다. 누구보다 열정적으로 지구를 지키고 싶어 하는 꿈을 알고 있어서 나도 가슴 아팠다.

엄마는 다른 연구에 몰두하느라 궤짝을 신경 쓰지 못했던 과거를 후회했다. 자신이 주의 깊게 다뤘더라면 내가 삐뚤어지지 않았을 거라고 자책하다가, 대체 왜 그런 일을 벌였냐며 노발대발했다. 소우주네 가족이 한 지붕 아래 없었으면 영혼까지 탈탈 털렸을 거다. 당연히 저주 책과 칠보 볼펜은 압수당했다. 두 물건은 연구를 위해 가져온 것이니 앞으로 어떻게 처분할지를 고민해 보겠다고 했다.

학교는 휴교했다. 어른들은 지진 피해 현장에서 다시 살아갈 길을 찾기 위해 분투했다. 나도 소우주와 함께 무너진 집을 찾아갔다. 괴물이 씹다 버린 껌처럼 우그러진 집을 보자 소우주는 눈에 띄게 시무룩해졌다. 비록 낡은 집이었을망정 태어나고 자란 추억이 깃든 곳이니 소중한 기억마저 잃어버린 기분이 들 터였다. 우리는 잔해 속에서 벽면을 가득 채웠던 사진들을 찾아냈다. 소우주는 집에 돌아와 찢어진 사진을 정성껏 다시 이어 붙였다. 내 눈에는 그 모습이 희망을 이어 붙이는 것처럼 보였다.

　나는 잠이 잘 오지 않았다. 낮에 들었던 구급차 소리가 귓전에서 계속 울려왔다. 내 마음에도 균열이 일어난 듯했다. 삶의 터전을 잃고, 행방이 묘연해진 가족과 친구를 찾고, 병원에서 죽음과 맞서고 있는 모두가 균열 속에서 허우적대고 있는 듯 느껴졌다. 균열을 메우기 위해서 내가 할 일은 하나밖에 없다는 생각이 자꾸만 들었다. 한 번만 더 저주 스티커를 만드는 것. 딱 한 번만 더.

　나는 홀린 듯 침대에서 일어나 서재로 들어갔다. 엄마가 압수한 저주 책과 칠보 볼펜은 궤짝에 없었다. 엄마가 숨겨 둔 거다. 연구실로 가져간 게 아니라면 몇 군데 짐작되는 곳이 있었다. 나는 우선 안방으로 가서 잠든 부모님을 지나쳐 드레스룸 안에 있는 금고를 열었다. 있다! 저주 책과 칠보 볼펜을 품에 넣고 몰래 방으로 돌아왔다.

　방문을 잠그고 저주 책을 천천히 넘겼다. 어쩐지 그리운 기분이다. 내 손으로 그렸던 문양들이 보이면 잠시 그림을 바라보았다. 예쁘고 화려한 그림이 누군가의 불행을 바라는 끈적거리는 마음을 잔뜩 머금고 저주 스티커가 되었다.

　책의 맨 마지막 페이지를 펼쳤다. 극상 스티커 중에서도 접착력이 가장 강한 저주가 담긴 페이지다. 복잡하고 정교한 문양이 눈부시게 아름다웠다. 이게 바로 소장한 선생이 마지막으로 자신에게 붙인 저주이다. 명이 다하는 순간 고통스럽게 끝내 달라는 바로 그 저주 스티커. 당장 목숨을 앗아가는 저주 그림보다 뒤에 실린 이유는, 바로 죽지 않아도 언젠가 고통스러운 최후를 맞이하기 때문이다. 절대로 고통 없이 편안한 죽음을 맞이할 수 없다. 소장한 선생은 이 스티커를 스스로에게 붙였다.

나는 이 저주 스티커를 들고 반만해를 찾아갈 계획이다. 반만해도 이 저주 스티커가 가장 강력한 저주를 담고 있다는 사실을 알고 있을 거다. 이 스티커를 붙이겠다고 으름장을 놓으면 어떻게 될까? 내 계획대로라면 그를 궁지로 몰 수 있을 것이다.

나는 책상에 바른 자세로 앉아 종이를 펼쳤다. 막상 고통스러운 최후를 맞이하는 극상 저주 스티커를 만들자니 가슴이 뛰었다. 심호흡한 뒤 칠보 볼펜으로 천천히 문양을 그려 나갔다. 하얀 종이에 붉은 액이 스며들었다. 선 하나마다 위치와 간격을 가늠해 가며 그리느라 시간이 꽤 걸렸다. 저주책에 쓰여 있는 대로 귀퉁이에 저주 내용을 적었다. 주문을 외우자 검은빛이 문양을 따라서 흘러갔다. 뒷면이 끈적끈적한 저주 스티커가 완성됐다.

어느새 칠보 볼펜에 새겨진 가면이 완전히 웃는 얼굴을 하고 있었다. 엄마는 분명 칠보 볼펜이 사람의 목숨을 대가로 얻으면 입매가 변한다고 했는데 벌써 바뀌었다. 미리 웃음 지을 만큼 목숨을 받아 낼 거라고 확신하는 걸까. 저주의 신이 웃는 걸 보니 기분 나쁘다. 아마도 끊임없이 흘러나오던 붉은 액은 저주받은 이들에게서 받은 피인지도 모르겠다. 입매를 계속 내려다보고 있자니 어쩐지 가면의 웃는 얼굴이 내게 말을 거는 것 같았다. 과연 네 계획대로 될까? 저주의 신이 날 비웃고 있다.

저주 책과 칠보 볼펜을 다시 가져다 두기 위해 방을 나왔다가 화장실에서 나온 소우주와 마주쳤다. 소우주가 반가운 얼굴로 뭔가를 말하려다가 내가 들고 있는 저주 책으로 시선을 옮겼다. 골치 아프게 됐다. 나는 조용히 하라는 표시로 손가락을 입에 댄 뒤 소우주를 데리고 도로 방으로 들어갔다. 소우주가 책상에 둔 극상 스티커를 내려다보았다. 아뿔싸. 그냥 방 밖에서 말할걸.

"반만해 대표한테 붙이려는 거야?"

덧붙이지 않은 말이 소우주의 눈 속에 담겨 있었다. 그래 봤자 반만해가 떼어 내면 그만이야. 위험한 일은 그만둬…….

소우주는 상냥하지만 쉽게 포기하지 않는 의지가 있었다. 여기서 말을 잘못하면 소우주도 이 일에 엮이고 말 거다.

"내가 왜 이걸 반만해한테 붙여? 너도 가만 보면 상상력이 풍부해."

"그럼 극상 스티커는 왜 만든 건데?"

"너희 증조할아버지가 스스로 붙인 스티커라며. 내 영혼이 더러워지려고 할 때마다 꺼내 보고 마음을 정화시키려고 만들어 둔 거야. 이제 이 물건들을 쓰는 것도 마지막이니까."

나는 저주 책과 칠보 볼펜을 탁탁 두드렸다. 소우주가 칠보 볼펜을 가만히 들여다봤다. 집안에서 전설처럼 내려오던 칠보 볼펜을 실제로 보아 신기한가 했는데 표정이 굳어 있었다.

"칠보 볼펜은 평소에 화난 얼굴이야. 지금은 웃는 얼굴로 변했네?"

"몰라. 그림만 그렸는데 갑자기 변했어. 그거 불량품 됐나 봐."

"가면이 웃는 얼굴로 변한 이유는 하나야. 상대의 목숨을 직접 빼앗으려고 마음먹었을 때."

엄마는 참 제대로 알고나 알려 주지. 덕분에 소우주는 내가 극상 스티커를 만든 이유를 알아챘다. 내가 반만해의 목숨을 노리고 있다는걸. 나는 극상 스티커를 철제 금고에 넣고 잠갔다. 내가 침대 밑에 금고를 밀어 둘 때까지도 소우주는 말이 없었다.

"지금 당장 뭘 해 보겠다는 건 아니니까 안심해. 자, 봐. 안전하게 금고에 넣어 뒀잖아."

"아니, 내가 아는 장시루는 당장 반만해 대표를 찾아갈 사람이야. 지금 이 모든 사태가 네 탓처럼 여겨질 테니까."

기어이 소우주가 내 가슴 속 어딘가를 건드렸다. 늘 그랬던 것처럼 소우주에게 솔직한 심정을 말하고 싶었다. 그러나 소우주가 낄 빌미를 주면 안 되기에 나는 짐짓 차가운 눈초리를 해 보였다.

"넌 이 사태에 책임이 없어? 반만해가 지진을 불러온 건 네가 안일하게 대응해서라는 생각은 안 들어? 반만해가 저주 스티커를 나눠 준다는 사실을 알았을 때 바로 저지하고 벌했으면 이런 일은 없었을 거야."

"아무리 잘못했어도 반만해 대표도 인간이야. 그 사람을 벌하는 건 우리가 할 일이 아니야."

"그거 봐. 네 정의가 이 사태를 불러왔다는 자각조차 없잖아. 정의만 지킨다고 해결되는 건 없어."

소우주가 처음으로 말문이 막히는 듯 아무 말도 하지 못했다. 벌하는 선택을 망설인 대가로 많은 사람이 고통에 빠져 있다고 생각하는 듯했다. 요동치는 마음이 표정에 고스란히 드러났다.

"그러니까 넌 빠져."

다음 날 어둑해질 무렵, 마요에게 가장 예쁜 모자를 씌워 줬다. 주머니에 마요를 넣고 저주 스티커를 챙긴 뒤 아무도 모르게 집을 빠져나갔다. 나는 학원가에 들렀다가 공원으로 향했다. 하루 전까지는 출입이 금지되어 있었으나 학생들이 이동하기 불편하다는 민원이 많아 재정비를 마치고 개방했다. 아직 다시 개방했다는 소식이 퍼지지 않았는지 공원은 한산했다. 지진의 여파로 나무가 쓰러지며 토사가 흘러내린 곳이 많았다.

그리고 아까부터 내 뒤를 가면 쓴 남자가 따라오고 있었다. 나는 학원가에서 남자의 모습을 확인한 뒤 일부러 눈에 띄는 행동을 했다. 통화를 하는 척하다가 핸드폰을 바닥에 내동댕이치고서는 저주할 거라고 고래고래 소리를 질렀다. 반만해가 날 눈여겨보도록 해서 유인하려는 작전이었다.

아무도 없는 공원의 광장, 나는 자리에 멈추며 뒤를 돌아봤다. 가면을 쓴 반만해가 몇 걸음 떨어진 곳에 서 있었다. 가까이에서 보니 키가 훨씬 커 보였다. 제법 덩치도 있었다. 특수 마스크 위로 드러난 눈은 흥미로운 먹잇감을 찾은 맹수처럼 포악해 보였다. 나는 흠칫 놀란 듯 연극을 이어 갔다. 가면 속에서 반만해가 웃고 있는 게 느껴졌다.

"여기가 목적지인가?"

"깜짝 놀랐잖아요. 언제부터 날 따라온 거죠?"

"어두운 공원에서 낯선 사람을 마주쳤는데, 놀랐다고 말한 것 치곤 표정은 덤덤해 보이는군."

"사실 당신을 알아요. 스티커 나눠 주고 다니는 사람이죠? 소문으로 들었어요."

"소문이라……. 스티커를 받고 싶어서 일부러 날 유인한 건 아니고?"

반만해는 내가 연극을 하며 자신을 유인했다는 사실을 알아차렸다. 그러나 그게 스티커를 받기 위해서라고 믿는 듯했다. 그렇다면 그에 걸맞게 행동해 줘야겠지. 나는 아직 화가 난 듯 씩씩거리며 반만해에게 말했다.

"맞아요. 당신을 만나려고 애꿎은 핸드폰도 부쉈다고요."

"그래, 이유나 들어 볼까?"

"진짜 싫은 애가 있어요. 그 애가 사라졌으면 좋겠어요. 그러니 저한테 스티커를 주세요."

반만해가 피식 웃더니 상의 안쪽에서 스티커 하나를 꺼냈다.

"마켓 주인이면 이 정도는 직접 만들 수 있지 않나?"

순간 머리가 정지했다. 내가 누군지 알고 있는 걸까?

"너는 다크로드라면 절대 정체를 들키지 않을 거라고 생각했겠지. 그런데 네가 몰랐던 게 하나 있어. 다크로드가 내 수많은 사업 중 하나라는 사실이야. 너 하나 찾아내는 건 일도 아니었단다."

숨이 턱 막혀서 일부러 들이쉬었다. 내 정체가 들통이 났다.

"……언제부터 알고 있었어요?"

"다크로드에 마켓 스티커가 오픈된 날. 신원을 추적해 보니 장시루라는 고등학생으로 나오더군. 오히려 저주를 쌓는 데 도움이 되어서 그냥 둔 거야. 최근에 마켓을 폐쇄한 걸 보고 마음이 돌아섰다고 판단했고."

소름 끼치도록 정확했다. 역시 돈으로 정보를 사는 것에 그치지 않고 분석력과 판단력도 있었다. 그러니 기업을 이끄는 거겠지. 먹힐지 자신은 없었으나 일부러 당돌하게 맞받아쳤다.

"거기까지 알고 있는 거면 대화가 쉽겠네요. 맞아요. 당신이 저주 스티커를 무료로 나눠 주는 바람에 내 사업에도 타격이 있었다고요. 게다가 다크로드는 수수료도 비싼데 거기서 계속 판매할 이유가 없죠. 당신은 왜 무료로 스티커를 나눠 준 거죠? 왜 날 따라온 거고요?"

"만나고 싶었지. 네가 차에 치일 뻔한 아이를 구했다는 걸 듣고 너뿐만 아니라 네 친구도 스티커를 볼 수 있다는 걸 알게 됐거든. 그날 이후 공원 근처를 돌며 스티커를 뿌렸더니 너희 둘이 붙은 족족 떼어가더군. 한때 스티커를 비싼 가격에 팔던 애가, 이제는 스티커를 떼고 다닌다? 너희 둘 다 거슬려. 남의 사업을 방해하면 안 되지."

나는 무척 당황했지만 일부러 입꼬리를 비스듬히 올렸다. 이 상황을 전부 예상이라도 했다는 듯, 턱을 들어 올리고 반만해를 쏘아보았다.

"뒷조사로 날 알아본 모양인데, 아직 내 질문에 대답하지 않았어요. 왜 그 귀한 걸 무료로 주냐고요?"

"그까짓 몇십, 몇백 벌자고 이 짓을 했겠어? 나는 분노를 사서 도시 전체에 판다. 훨씬 값비싼 장사지."

"스티커 하나하나를 팔아서 얻는 이익보다 재난을 일으켰을 때 얻는 돈이 더 크다는 거네요."

"이제야 말귀를 좀 알아듣는군. 나는 불쏘시개를 공짜로 나눠 주고, 도시 전체에 불을 낸 다음 물을 파는 거야. 그게 진정한 사업이지. 네가 한 건 어린애들 장난에 불과해. 진짜 부자가 되는 법을 알려 줘?"

반만해가 스티커를 내밀었다. 나는 그가 건넨 스티커를 받아 들었다. 그러고는 스티커를 찢어서 허공에 날렸다.

"취향 아니네요. 너무 싸구려라서."

우리 둘 사이의 공기가 멈춘 것 같았다. 내 말이 끝난 뒤 우리는 서로에게 시선을 고정한 채 손끝 하나 움직이지 않았다.

나는 반만해의 시선을 받아 내며 준비해 온 저주 스티커를 들어 올렸다. 가면에 감춰진 눈썹이 꿈틀거리고 있는 게 느껴졌다.

"그러려면 이 정도 퀄리티는 돼야죠. 무슨 스티커인 줄은 알죠?"

반만해가 코웃음을 치며 나를 내려다봤다.

"어린애들 장난은 그만두라고 했을 텐데? 아, 그렇지. 요즘엔 제작을 그만두고 제거에 열중하고 있지? 같이 다니는 그 애, 소우주. 참 예의 바르던데."

손끝에 힘이 들어갔다. 소우주의 이름을 듣는 순간 몸은 얼음처럼 굳었지만, 머릿속은 금세 뜨겁게 달아올랐다. 숨을 들이쉬는 것도 잠깐, 뜨거운 무언가가 가슴 밑에서부터 치고 올라왔다. 아무렇지 않은 척 내뱉는 목소리가 미세하게 떨렸다.

"당신이 일으킨 자연재해에 책임을 져 주세요. 그건 결코 어린애들 장난에 비할 게 아니니까요."

"내가 왜 책임을 져야 하지? 난 저주를 원하는 사람들의 소원을 들어줬을 뿐이야."

"그걸로 결코 정당하지 못한 부를 축적했고요."

"그런 면에서는 너도 할 말이 없을 텐데."

그 한마디에 내 입이 다물렸다. 아무 말도 떠오르지 않았다. 가슴속 어딘가가 묵직하게 내려앉았다.

맞다. 나도 그랬다.

누군가의 분노를 먹고 살았고, 어디선가 일어난 비극을 기회 삼아 스티커를 팔았다. 돌아온 피해가 내 몫이 아니라는 이유로 눈을 감았고, 그저 세상을 원망하고 저주를 만드는 일에만 집중했다. 내가 반만해를 벌하는 건, 정말 '정의'일까? 어쩌면 그건 내 죄책감을 지우려는 위선이 아닐까?

하지만.

이건 나 말고는 할 수 없는 일이다.

"시루야!"

그때 공원 출입구 쪽에서 누군가 내 이름을 부르며 광장을 향해 다급히 뛰어왔다. 숨이 차는지 잠시 숨을 고르며 땀을 뻘뻘 흘리는 소우주였다.

"그만해, 시루야. 이건 너 혼자서 끝낼 수 있는 문제가 아니야."

"여긴 왜 왔어? 넌 빠지라고 했잖아."

"싫어. 왜 모든 걸 너 혼자 짊어지려고 해?"

"넌 몰라. 어차피 나를 위해 울어 줄 사람은 한 명도 없어. 그러니까 내가 책임져야 해. 내가 결말을 내는 게 이 세상의 슬픔을 줄이는 길이야."

내 말을 들은 반만해가 낮은 목소리로 웃었다.

"세상의 슬픔을 줄이려고 나서다니, 대단한 착각이로군. 그 착각을 바로잡으러 굳이 여기까지 온 것도 재미있고. 네가 소장한의 손자 맞지?"

심장이 철렁 내려앉았다. 반만해는 소우주네 가족에 대해서도 알고 있는 게 분명했다. 더 이상 망설일 수 없었다. 망설이는 순간, 반만해가 소우주에게 손을 뻗을지도 모른다.

나는 바로 몸을 틀어 반만해를 향해 한 걸음 다가섰다.

"그건 당신이 알 바 아니고요. 오늘은 일단 받아 가려고요. 당신 목숨."

나는 저주 스티커를 팔랑팔랑 흔들었다. 이걸 붙이겠다는 협박이었다. 농담이라고 해도 흘려들을 수 없을 것이다. 스티커는 살짝만 눌러도 붙기 마련이다. 물론 스스로 붙인 게 아니라면 붙은 후 저주가 일어나기 전에 떼어 낼 수 있긴 하다.

"어이없군. 떼면 그만인 거잖아."

극상 스티커는 떼어 낸다고 해도 작은 여파가 생긴다. 게다가 접착력이 강해서 떼어 내려면 꽤 힘들 것이다.

"그럼 일단 붙여 보시죠."

나는 저주 스티커를 들이밀었다. 반만해는 몇 걸음 뒷걸음질 쳤다. 아무리 반만해라도 극상 스티커는 무서운 거다. 내가 손을 휘저으며 붙이려는 시늉을 하자 반만해도 내가 진심이라는 걸 알아차렸다. 하지만 반만해는 어른이고, 나보다 힘이 세고, 아마도 나보다 운동도 열심히 할 거다. 그에 비해 나는 어리고 힘도 약하다.

내가 스티커를 붙이기 위해 손을 뻗자 반만해가 가볍게 피했다. 그러고는 내 손목을 비틀어 저주 스티커를 떨어뜨리려 했다. 저주 스티커가 바람에 날아가도록 둘 수는 없다. 안간힘을 다해 버텨 냈다. 그가 장난은 여기까지라는 듯 한숨을 쉬고는 내 손에서 저주 스티커를 빼앗았다.

"그걸 가져가도 내 입은 막지 못해. 당신이 누구인지 아니까. 지도반의 반만해 대표님."

내 말에 처음으로 반만해의 얼굴에서 평온이 벗겨졌다. 눈매가 날카롭게 일그러지더니 이내 나를 향해 손을 뻗었다. 그 손에 닿기 직전, 누군가가 내 앞을 막아섰다.

소우주였다.

"멈추세요!"

반만해에게 맞서는 소우주의 목소리는 단호했다. 이윽고 소우주가 단단하지만 다정한 말투로 내게 말했다.

"시루야, 이건 너 혼자서 끝낼 일이 아니야. 그러니까 혼자 외롭게 싸우지 마. 아무도 널 위해 울어 주지 않을 거라고 했지? 너한테 해 주고 싶은 말이 있어. 네 잘못이 아니야. 세상이 널 버린 게 아니야. 누군가가 널 지키겠다고 말해 주는 세상도 있어."

그 말에 무언가가 가슴 안쪽에서 터져 나왔다. 견고하게 봉인했던 무언가가. 소우주가 말을 이어 가려는 순간, 반만해가 코웃음을 쳤다.

"우정, 사랑, 감동. 완벽한 쇼네. 그럼 대신, 그 감동의 주인공부터 가시지."

반만해가 스티커를 든 손을 소우주를 향해 뻗었다.

바로 그때, 나는 소우주를 와락 끌어안았다.

"우주야!"

스티커가 내 손등에 착 붙는 감촉이 느껴졌다. 반만해가 목소리를 높였다.

"하하! 이건 예고편이야. 진짜 저주는 다음에 붙여 주지. 너 같은 애한테는 더 고통스러운 저주가 어울리거든!"

"아니, 당신에게 다음은 없어."

나는 소우주를 끌어안은 팔을 풀지 않고 말했다. 밤인데도 주변이 새까맣게 어두워졌다. 공원에 있던 나무도, 분수도 모든 게 사라진 듯한 어둠이었다. 검은 안개가 넘실거리며 어둠 속에 퍼져 갔다. 아니, 검은 안개가 아니다. 검은 그림자들이 주위를 에워싸고 있는 거였다. 검은 그림자는 제각각 크기도 다르고 자세도 다르지만 사람의 모습이었다.

엄청난 위압감에 나도 모르게 뒤로 물러났다. 영문을 알 턱이 없는 반만해도 뒷걸음질 쳤다. 그럼에도 나보다 여유가 있었다. 검은 그림자가 날 데리러 왔다고 생각하기 때문이었다. 잘못된 생각이라는 걸 곧 깨닫게 될 것이다.

검은 그림자들이 사방에서 반만해를 붙잡았다. 반만해가 벗어나려고 발버둥을 쳐 봤자 소용없었다. 반만해는 자신이 왜 붙잡힌 건지 알 수 없다는 표정으로 고래고래 소리를 질렀다.

"내가 아니야! 저 애, 저 애한테 스티커가 붙어 있단 말이야!"

검은 그림자들은 내게 다가오지 않았다. 나는 그제야 약간 떨리는 목소리로 말했다.

"당신을 데리러 온 거 맞아요. 당신은 스티커 제작자로서 붙여서는 안 되는 두 번째 스티커를 방금 붙였으니까요."

반만해가 비명을 지르자 검은 그림자들이 입을 막았다. 검은 그림자들이 안개처럼 그를 완전히 에워싸자 반만해는 무릎을 꿇었다. 그 앞에 얼핏 가면처럼 보이는 형상이 나타났다. 저주의 신인가? 저주의 신은 새로 생긴 자신의 노예를 내려다보고 있었다. 입은 칠보 볼펜처럼 웃고 있었다.

저주의 신의 가면 아래로 검은 망토가 나타났다. 그러고는 손을 내젓자 검은 그림자들이 일제히 고개를 숙였다. 소우주 역시 고개를 숙이고 있었다. 가만히 보니 소우주의 뒤통수를 검은 그림자가 강제로 누르고 있었다. 그런데 그 손길이 부드럽다. 소장한 선생이구나. 소우주의 증조할아버지가 소우주를 지켜 주기 위해 고개를 숙이도록 한 거야. 자연스레 깨달았다.

어느새 저주의 신이 내 바로 앞에 오더니 스티커가 붙은 내 손등을 감싸 쥐었다. 왜? 극상 스티커가 붙은 나를 바로 데려가려고? 머릿속에 경고음이 들렸다. 절대 저주의 신을 마주 보아서는 안 된다는 경고음. 발밑에 자욱하게 깔린 어둠의 안개를 지나쳐 너울거리는 망토 위로 시선이 저절로 따라 올라갔다. 보면 안 돼. 눈을 마주치면 안 돼. 눈을 감아! 경고음이 점점 더 크게 머릿속을 울려왔다. 그런데도 내 의지와 상관없이 시선이 자꾸만 위로 향했다.

마침내 저주의 신과 눈이 마주쳤다고 느낀 순간, 주머니에 넣어 둔 마요가 환한 빛을 냈다. 검은 그림자들이 저주의 신을 보호하듯이 앞을 막아서더니, 빛에 소멸하듯 하나둘 사라졌다. 반만해도 검은 그림자들에 끌려 어둠으로 사라졌다. 빛이 언짢은지 저주의 신의 입이 축 처져 있었다.

저주의 신이 뻥 뚫린 눈을 깜빡이자 빛이 점점 밀려나더니 마요가 쩍 소리를 내며 반으로 갈라졌다. 빛이 사라졌다. 동시에 저주의 신도 검은 안개 너머로 유유히 떠났다. 나는 자리에 쓰러지며 정신을 잃었다. 내가 마지막으로 본 건 날 붙잡고 울고 있는 소우주였다.

봉인을 위해

극상 저주 스티커는 내 손등에 여전히 붙어 있다. 인터넷에 떠도는 스티커 제거 방법을 모두 써 보았는데도 소용없다. 문병을 올 때마다 소우주가 스티커를 제거해 보려고 얼굴이 시뻘게지도록 힘을 줘 봐도 꿈쩍도 하지 않았다.

소우주는 깁스한 아저씨까지 동원해 저주를 깨려고 안간힘을 쏟았다. 물론 아저씨도 실패하고 말았으나 그때마다 꼭 긍정적인 말로 마무리했다. 극상 스티커라 접착력이 강해 그렇다고, 다른 스티커들처럼 힘을 주면 언젠가 떼어질 거라며 위로했다.

저주의 신을 만난 그날, 정신을 잃은 나를 소우주가 병원으로 데려갔다. 나는 꼬박 나흘 동안 혼수상태였다고 한다. 그동안 나는 그저 어둠 속을 헤매고 다녔다. 아무것도 없는 곳이었다. 끝도 없이 까만 공간에서 미치지 않았던 건 어떤 목소리 덕분이다. 일어나. 제발. 깨어나 줘. 넌 소중한 존재야. 널 꼭 지켜 낼게. 넌 할 수 있어. 우리가 널 기다리고 있어. 사랑해.

엄마와 아빠 목소리가 번갈아 들리며 포기하지 않도록 끊임없이 용기와 힘을 줬다. 그 목소리가 들리는 방향을 따라 걷고 또 걸었다. 목소리가 바로 귓가에서 울린다는 느낌이 들며, 믿는다는 말이 내 몸을 휘감는 순간 드디어 어둠을 벗어나 눈을 뜰 수 있었다. 눈앞에 내 얼굴을 하염없이 바라보고 있는 엄마와 아빠가 있었다.

"엄마, 아빠……."

"돌아왔구나. 잘 돌아왔어."

엄마와 아빠가 우는 모습을 본 건 그때가 처음이다. 절대 무너지지 않을 것 같았던 단단한 어깨가 계속해서 들썩이며 눈물이 턱 밑으로 떨어졌다. 눈물이 내 얼굴로, 손등으로, 가슴으로 끊임없이 흘렀다. 엄마와 아빠, 나 사이에 놓여 있던 견고한 벽이 눈물방울에 스르륵 허물어졌다.

"죄송해요."

정말 하고 싶었던 건 나도 사랑한다는 말이었다. 눈물이 방울방울 떨어지면서도 부모님이 내게 한 말이 사랑한다는 것이었으니까. 그런데 엄마와 아빠는 죄송하다는 말에 내 뺨을 어루만지며 고개를 끄덕였다.

"알아. 우리도 너를 정말 사랑한단다."

그제야 소우주가 내게 했던 말의 의미를 제대로 이해할 수 있었다. 날 지켜 주는 세상이 내 앞에 있었다는 것을.

소우주는 나를 보자마자 대성통곡을 했다. 모르는 사람이 봤다면 내가 죽은 줄 알았을 거다. 마음고생이 심했던지 불과 나흘 사이에 살도 빠져 있었다. 볼이 홀쭉해진 소우주가 트레이드마크처럼 메고 다니는 가방에서 이것저것 주섬주섬 꺼냈다.

"너 일어나면 주려고 엄마한테 김부각 만들어 달라고 해서 싸 왔어. 보리차 마실래? 따뜻하게 데워 와서 마시기 편할 거야. 괜찮다고? 그러면 머리 빗을래? 내가 빗이랑 거울도 가지고 왔는데. 긴 머리는 자주 빗어야 엉키지 않는다며. 아! 맞다. 마요가 보고 싶겠구나."

소우주가 가방 앞주머니에서 마요를 꺼내 내 손바닥에 올려 주었다. 마요는 두 동강이 나 있었다. 둥글고 매끈했던 겉면과 달리 갈라진 면은 거칠었다. 눈알은 한쪽만 남았다. 나름대로 마요를 보살펴 주고 싶었는지 두 조각 모두 맞춤한 듯 딱 맞는 삼각 두건을 두르고 있었다. 마요가 시루를 구했다면서 아저씨가 고마움을 담아 밤새 만드셨단다.

아저씨 말처럼 마요가 나를 구했다. 저주의 신이 쓴 가면은 얼굴을 가리기 위한 방편일 것이다. 아저씨는 얼굴이 저주의 신의 약점이 아닐까 추측한다고 했다. 그렇기 때문에 아무리 가면을 쓰고 있더라도, 자신과 눈이 마주친 존재는 죽음에 이르도록 한다고. 저주의 신과 눈이 마주친 순간 나는 그 자리에서 죽음을 맞아야 마땅했다. 그러나 수호 정령이 깃든 검은 돌멩이 마요가 자기를 희생해 나를 구해 주었다.

나는 마요를 애틋하게 쓰다듬었다. 마요를 만나며 많은 것들을 깨달았다. 앞으로도 나는 검은 돌멩이를 돌보며 세상의 이치와 진리를 찬찬히 알아 갈 것이다. 그때 마요가 내 손에서 톡 떨어져 침대에 손을 올리고 있는 소우주에게 굴러갔다. 마치 이제 사람 친구를 사귀라는 듯이. 나참. 그러지 않아도 안다. 소우주와 나는 이제 친구라는 걸.

이전에는 사람 친구라면 무조건 사절이었지만 소우주라면 친구로 삼아도 좋을 것 같다. 왜냐면 소우주는 이름처럼 무궁무진한 우주를 마음에 품고 있는 아이니까. 소우주가 조금 전 울어서 충혈된 눈으로 나를 보고 환하게 웃었다. 나도 소우주를 마주 바라보며 내가 할 수 있는 만큼 환히 웃어 주었다.

나는 퇴원한 뒤 학교로 돌아갔다. 돌아가자마자 기말고사를 치렀고 평소와 달리 문제를 하나하나 풀며 최선을 다했다. 그러나 결과는 중간고사와 똑같았다. 엄마와 아빠는 얼굴에 복잡한 심경을 드러냈으나 내가 아파서 제 실력을 발휘하지 못한 거라고 최대한 포장해 주었다.

그사이 소우주네 가족은 저주 책을 입수하기 위해 사방으로 뛰어다녔다. 검은 그림자에게 반만해가 끌려간 뒤 세상은 그를 찾기 위해 바빴다. 갑자기 한 사람이 흔적도 없이 사라졌으니 그럴 만했다. 지도반은 한동안 대표이사가 부재한 상태로 회사를 운영했으나 그동안 반만해가 눌러 두었던 문제가 안팎으로 터져 나오며 곤욕을 치렀다.

여러 문제 중 가장 큰 이슈는 아이들의 죽음이었다. 반만해 대표의 실종을 수사하던 경찰이 시간을 거슬러 올라가면서 그가 가면을 쓰는 모습을 포착했고, 가면 쓴 남자를 만났다는 증언을 쫓다가 목숨을 잃은 아이들과 연관되었다는 사실을 알아냈다. 뉴스에서는 매일 반만해가 어떻게 아이들을 죽음으로 내몰았는지를 다뤘다.

그러다 다크로드까지 수사가 확대됐다. 다크로드의 소유주가 반만해라는 게 드러나며 각종 범죄에 관여한 정황을 조사하기 시작한 것이다. 일이 여기까지 이르자 주주총회에서 대표이사 교체가 의결되었다. 지도반에서 반만해와의 연관성을 지우기 위해 빠르게 작업에 들어갔다. 새 대표를 맞기 위해 이전 대표의 개인적인 물건들도 곧바로 처분되었다.

소우주네 가족은 그때를 놓치지 않고 중고 물품 업체로 위장해 대표실에 들어갔다. 다행히 저주 책은 대표실에 있었다. 반만해가 대표실 문을 닫아걸고 한 일은 결국 저주 스티커 제작이었던 거다. 대표실에는 저주 책과 함께 스티커를 제작하기 위한 각종 도구가 발견되었다고 한다.

세 번째 저주 책을 입수한 소우주 가족의 초대로 우리 가족도 절에 같이 가기로 했다. 서울 근교에 자리한 절은 소우주네 가족이 저주 스티커를 처분하는 곳이다. 절 앞에서 기다리고 있던 소우주가 우리 가족을 보고 손을 흔들었다.

소우주의 안내로 우리는 절 안쪽에 자리한 소각실로 갔다. 소각실은 번뇌를 주는 물건을 태우고 명상으로 마음을 다독이기 위해 지어졌다고 한다. 주지 스님이 오기 전에 어른들끼리 대화를 나누는 사이 소우주가 나를 끌고 가 소각실에서 저주 책을 보여 줬다.

"이게 반만해 대표가 가지고 있던 저주 책이야."

내가 가진 저주 책보다 낡지도 않고 비교적 상태가 좋았다. 다만 저주 책의 뒷부분은 계속 펼쳐 보았는지 종이가 우글거렸다. 가장 마지막 페이지에 저주로 자연재해가 일어난다는 경고가 남아 있었다. 이걸 본 반만해가 자연재해를 일으키기로 마음먹은 모양이다.

"연락 없지?"

소우주는 경찰 수사가 다크로드로 확대되었다는 뉴스를 본 뒤로 나보다 더 안절부절못하고 있었다. 틈만 나면 내게 경찰에게 연락이 왔는지 확인했다. 경찰이 스티커로 저주를 일으켰다는 증언을 이미 확보했다는 건 최정진 선배로부터 전해 들었다. 경찰이 동생을 찾아와 저주 스티커에 관해 물었다는 것이다.

최정진 선배는 지진이 일어난 직후 깨어났다. 지진으로 중환자실 침대들이 흔들릴 때 동생이 형의 몸을 덮듯이 감싸며 지켜 낸 뒤이다. 최정진 선배는 온몸에 전해진 온기로 눈을 떴다고 믿었다. 그 말은 자신에게 저주를 건 동생을 원망하지 않는다는 뜻이었다. 자신을 죽일 뻔한 사람을 용서할 수 있다는 것에 나는 순수하게 감탄했다. 소우주는 내 생각과 조금 달랐다. 최정진 선배는 동생이 진짜로 자신을 지켜 냈다고 생각하기 때문에 고마워하는 거라고. 결국 형과 동생의 마음이 서로 통했다는 말이었다. 동생도 한순간의 잘못된 판단으로 형을 사지로 몬 것을 깊이 반성하고 있다니 어쩌면 소우주의 말이 맞을지도 모르겠다.

여하튼 최정진 선배는 저주 스티커에 관해 알게 되었고 소우주와 내가 자신을 도왔다는 것에 마음을 써 줬다. 경찰이 동생에게 다녀간 뒤로도 몇 가지 새로운 사실을 알려 주기도 했다. 경찰이 아이들의 일관된 진술을 토대로 저주 스티커 실물까지 확보했다는 것. 아마도 스티커를 받은 뒤로 사용하지 않은 아이들이 있었던 듯했다. 그리고 다크로드에서 저주 스티커를 판매했던 폐쇄된 마켓 주인 요마를 찾고 있다는 것.

이러니 소우주가 불안해하는 것이다. 마켓 스티커는 곧 경찰에 의해 파헤쳐질 테고 나는 결국 저주 스티커를 만들어 낸 벌을 받게 될 것이다. 그걸 받아들였기 때문에 나는 불안하지 않았다. 떳떳하게 책임질 날을 기다리고 있었다.

"그게 다 내가 쌓은 업보야."

"절에 왔다고 갑자기 그런 말 하지 마."

"다 내 부덕이로세."

내가 합장하며 말하자 소우주가 '나무아미타불 관세음보살'이라고 말하며 손을 모으다가 주지 스님과 눈이 마주쳤다. 뒤에서 우리 부모님과 소우주네 아저씨, 아주머니가 어이없다는 듯 바라보고 있었다.

주지 스님이 소우주에게서 저주 책을 받아 바닥에 내려놓았다. 불경을 읊는 동안 다들 손을 모아 쥐고 있었다. 주지 스님이 저주 책을 다시 들고는 소우주에게 내밀었다. 소우주가 나무 장작 위에 저주 책을 올려 두었다. 다른 스님이 저주 책과 장작 위로 기름을 붓고 불을 붙였다. 저주 책이 활활 탔다. 불길에 저주 책이 폭발을 일으키거나 저주의 신이 나타나 불을 꺼 버리는 상상을 했는데 아무 일도 없이 책이 타들어 갔다. 역시 그냥 종이일 뿐인가, 저주를 만들어 낸 건 사람의 마음이고. 불길이 일렁였다. 아주머니와 아저씨가 항아리에서 저주 스티커를 꺼내 불길 속으로 하나씩 던져 넣었다.

"시루야."

뒤를 돌아보니 엄마 손에 내가 사용했던 저주 책과 칠보 볼펜이 들려 있었다.

"이것도 마저 태워."

"어? 연구는?"

"아빠랑 상의해서 연구는 하지 않기로 했어. 소장한 선생이 세상에 저주 책이 나오질 않길 바라셨다는 마음도 이해했고. 무엇보다 연구자로서, 이 연구로 불행이 더 퍼지길 바라지 않아."

아빠가 뒤에서 고개를 끄덕였다. 나는 저주 도구들을 받아 들었다. 마켓 스티커에서 만난 손님들이 한 명씩 머릿속을 스쳐 갔다. 그들은 지금 어떻게 살고 있을까. 여전히 싫고 미운 사람들을 증오하며 원한을 갚기 위해 자신의 시간과 마음을 모조리 써 버리고 있을까. 아니면 부정적인 감정은 누구나 한순간 생길 수 있고 그 마음을 훌훌 털어 내는 것이 자신을 지키는 방법임을 깨달았을까.

저주 책을 불길로 던지며 저주 책이 불타 없어지듯이 사람들 마음에 남은 찌꺼기도 사라지기를 바랐다. 저주 책이 불타는 동안 칠보 볼펜의 가면을 불길 쪽으로 돌려놓았다. 잘 봐, 저주의 신. 이게 당신이 만든 술수의 끝이야. 가면의 얼굴은 화가 나 보였다. 그게 좋았다.

저주 책과 스티커를 모두 태운 뒤 재를 쓸어 모아 다시 항아리에 담았다. 부적을 붙이고 금줄을 동여맨 항아리는 절 안에 보관했다. 칠보 볼펜은 부숴 보려고 했으나 꿈쩍도 하지 않아 스님들이 애를 먹었다. 역시 저주의 물건답다. 해체해 보려고 시도하다가 번번이 실패한 경험도 있기에 괜히 힘을 더 빼지 않고 봉인하기로 했다.

주지 스님이 심혈을 기울여 부적을 쓰는 동안 스님들이 절 한 가운데 있는 돌탑을 들어냈다. 땅을 깊게 파고 주지 스님을 기다리며 목탁을 두드렸다. 주지 스님이 칠보 볼펜에 부적을 한 겹씩 붙이며 불경을 외웠다. 부적에 꽁꽁 싸인 칠보 볼펜을 다시 상자에 넣고 금줄로 엮은 뒤 땅에 묻었다. 그 위로 돌탑이 세워졌다.

봉인을 모두 마치고 나자 어느새 저녁 어스름이 내려앉았다. 절밥을 먹고 가라는 권유를 받아 잠시 기다리고 있는데 주지 스님이 나무 염주를 들고 내게 다가왔다. 그러곤 내 손등을 한참 동안 들여다보았다.

"저주 스티커가 보이세요?"

"안 보인다."

그런데 어떻게 저주 스티커가 붙은 손등만을 보고 있을까 궁금하던 차에 주지 스님이 인자하게 뒤이어 말했다.

"손등에 끈적거리는 것들이 덕지덕지 붙어 있구나. 그게 보인다. 그 악한 신이 남겨 놓은 거겠지. 아마도 이 끈적거리는 것들부터 벗겨 내야만 저주 스티커를 뗄 수 있을 것 같구나."

나는 손등에 붙은 저주 스티커를 내려다보았다. 저주의 신이 끈적거리는 더러움을 남기기 위해 내 손을 감싸 쥐었나 보다. 이제야 왜 저주가 스티커가 되었는지 알 것 같다. 누군가를 해하고자 마음먹는 순간, 그 마음이 계속 달라붙으니까. 마음에 덕지덕지 붙은 스티커를 떼어 내려고 끊임없이 노력

해야만 선함을 유지할 수 있는 것이다. 누군가를 원망하고, 증오할 수 있지만 그 책임 또한 져야 한다는 사실을 비로소 깨달았다.

내 손에 붙은 고통스러운 최후를 맞이하는 극상 스티커는 아마도 저주의 신이 내게 던진 도전장 같은 걸지도 모르겠다. 죽음의 순간이 당장 내일일지, 일 년 뒤일지, 할머니가 될 때인지 알지 못한 채로 내가 마음을 올곧게 쓰는지를 확인하겠다는 의미일지도. 아마도 내가 바르고 선한 마음으로 살아가면 조금씩 끈적거리는 것들도 벗겨져 갈 것이다.

"좋았어!"

나는 주먹을 불끈 쥐었다. 그러고는 소우주의 손을 맞잡고 흔들었다. 갑자기 영문도 모른 채 손을 잡힌 소우주가 얼굴을 붉혔다. 언제 죽음이 닥쳐올지는 모르나 그 순간이 오기 전까지 나는 소우주와 저주 스티커를 떼는 일을 할 것이다. 그러다 보면 언젠가 또 다른 마요가 나타나 나를 도와줄지도 모른다. 또 언젠가는 저주의 신도 봉인할 수 있을지도 모르겠다.

"그래, 하는 거야. 해 보는 거야!"

"어? 어! 그래, 해 보자, 같이."

소우주가 배시시 웃었다.

저주 스티커를 주문했던 다른 모든 사람들처럼, 나도 누군가를 미워했고 진심으로 저주하고 싶었던 순간들이 있었다. 그 마음이 나를 망치지 않도록 애쓰는 일은 생각보다 훨씬 어려웠다. 그때 날 견디게 해 준 건 내밀어진 누군가의 손이었다. 이를테면 내가 지금 잡고 있는 소우주의 손이라든가.

그러니까 이제는 안다. 저주가 다시 번져도, 이번엔 혼자가 아니라는 걸.

작가의 말

누구나 살아가면서 사람이 싫었던 적이 있을 것이다. 싫은 감정이 증오가 되거나 원망으로 변하는 경우도 흔하다. 누군가 밉고 싫은 이유는 다양하겠지만, 그 사람이 내 눈앞에서 사라지길 바라는 마음은 하나로 통한다. 저 사람이 없으면 내가 살 것 같은 기분. 어른들이 그런 감정 때문에 저주하는 방법을 찾는 일은 드물다. 그러나 청소년들은 주체할 수 없이 끓어오르는 마음을 해소하기 위해 저주하는 방법을 찾기도 한다. 저주가 통할지도 모른다고 아직은 믿기 때문인 걸까? 아니면 지푸라기라도 잡는 심정인 걸까?

N 포털 사이트의 문답 코너를 보면 저주하고 싶은 상대가 있다며 저주 방법을 묻는 글이 심심치 않게 올라온다. 『스티커』에 등장하는 '자전거를 타다 넘어지는 정도로 친구를 가

볍게 저주하고 싶다'라는 내용도 실제 문답 내용에서 착안했다. 누군가를 미워하는 마음은 사소한 것에서 시작되기도 하지만 그 결과가 결코 가볍지만은 않다는 걸 보여 주기 위해 이 작품을 쓰게 되었다. 주인공 장시루가 우여곡절 끝에 얻은 진리를 독자분들은 한 권의 책으로 손쉽게 손에 쥐면 좋겠다.

저주에 관한 이야기를 쓰고 싶다고 말했을 때, 나보다 더 이 작품의 방향성을 고민해 주신 편집자님이 계신다. 바로 능력 출중한 정지혜 편집자님. 정지혜 편집자님은 『비스킷』이후 내가 작가로서 굳혀야 할 이미지뿐만 아니라 독자들의 반응까지 세심하게 그려봐 주시며 이 작품을 전반적으로 끌어 주셨다. 그래서 나는 『스티커』가 철저하게 기획된 기획 작품인 것 같고, 그 공은 오롯이 편집자님 덕이라고 생각한다. 진심으로 감사 인사를 드린다.

작년 김제중앙중학교 강의에서 작품에 이름을 쓸 수 있도록 흔쾌히 허락해 준 소우주 학생에게도 감사를 전한다. 소우주 학생 덕에 매력적인 주인공이 나올 수 있었다. 『스티커』의 소우주와 현실의 소우주 학생은 동일 인물이 아니지만 가슴에 멋진 우주를 품고 있는 점은 같아 보였다. 부디 앞길에 행복이 가득하길 바라겠다. 또한 어리숙한 딸을 품어 주는 나의 부모님께도 사랑한다고 말씀드리고 싶다.

당신의 마음이 부서질 때 손잡아 줄 누군가 있기를, 그런 사람을 찾기를 기원하며, 혼자가 아니라는 사실을 잊지 않으셨으면 한다. 적어도 나는 여러분을 언제나 응원한다. 독자 여러분의 마음에 '마요'가 하나씩 들어서기를 바라며.

2025년 여름, 김선미

스티커

초판 1쇄 발행 2025년 6월 18일
초판 11쇄 발행 2026년 1월 13일

지은이 김선미
펴낸이 김선식

부사장 김은영
콘텐츠사업본부장 임보윤
책임기획 정지혜 **책임편집** 정지혜 **책임마케터** 이고은
콘텐츠사업10팀장 강혜진 **콘텐츠사업10팀** 이슬, 정지혜, 이나영
마케팅사업1팀 이고은, 지석배, 최민경, 이현주, 김은지 **홍보1팀** 김민정, 홍수경, 변승주
브랜드사업본부장 정명찬 **브랜드홍보팀** 오수미, 서가을, 박장미, 박주현
영상홍보팀 이수인, 염아라, 이지연, 노경은
편집관리팀 조세현, 김호주, 백설희 **저작권팀** 성민경, 이슬, 윤제희
재무관리팀 하미선, 임혜정, 이슬기, 김주영, 오지수
인사총무팀 강미숙, 이정환, 김혜진, 김주림, 황종원
제작관리팀 이소현, 김소영, 김진경, 유미애, 이지우
물류관리팀 김형기, 김선진, 주정훈, 양문현, 채원석, 박재연, 이준희, 최대식
외부스태프 일러스트 뱅슈라

펴낸곳 다산북스 **출판등록** 2005년 12월 23일 제313-2005-00277호
주소 경기도 파주시 회동길 490
전화 02-704-1724 **팩스** 02-703-2219
이메일 dasanbooks@dasanbooks.com
홈페이지 www.dasan.group **블로그** blog.naver.com/dasan_books
용지 스마일몬스터 **인쇄** 민언프린텍 **코팅 및 후가공** 제이오엘앤피 **제본** 국일문화사

ISBN 979-11-306-6756-0 (43810)

· 책값은 뒤표지에 있습니다.
· 파본은 구입하신 서점에서 교환해 드립니다.
· 이 책은 저작권법에 의하여 보호를 받는 저작물이므로 무단 전재와 복제를 금합니다.